作者简介

　　乔叶，河南省修武县人。现为河南省作协副主席兼秘书长，中国作协全委会委员。出版有长篇小说《认罪书》《拆楼记》《藏珠记》等，散文集《深夜醒来》《走神》等多部作品。曾获鲁迅文学奖、庄重文文学奖、华语文学传媒大奖、《北京文学》奖、人民文学奖、锦绣文学大奖、郁达夫小说奖等多个文学奖项。

实在的心愿

让我活得虚幻

虚幻的心愿

让我活得实在

——乔叶

# 我突然知道

乔叶 著

河南文艺出版社
·郑州·

## 图书在版编目（CIP）数据

我突然知道/乔叶著. —郑州;河南文艺出版社,2018.10
ISBN 978-7-5559-0725-1

Ⅰ.①我… Ⅱ.①乔… Ⅲ.①诗集-中国-当代 Ⅳ.①
I227

中国版本图书馆 CIP 数据核字（2018）第 219853 号

策　　划　杨　莉
责任编辑　杨　莉
装帧设计　张　萌
责任校对　梁　晓

出版发行　河南文艺出版社
本社地址　郑州市鑫苑路 18 号 11 栋
邮政编码　450011
售书热线　0371-65379196
承印单位　河南瑞之光印刷股份有限公司
经销单位　新华书店
开　　本　890 毫米×1240 毫米　1/32
印　　张　9.625
字　　数　215 000
版　　次　2018 年 10 月第 1 版
印　　次　2018 年 10 月第 1 次印刷
定　　价　45.00 元

# 自序　为什么还要写诗

写诗这件事,其实没有什么道理好讲。如果一定要追问原因,那只有一条:因为想写。

诗,到底是什么?

诗,是只能用诗说的话。

那些欲望,那些刀枪,那些火焰,那些玫瑰,那些最深处的秘密……中蛊的人,总是被那些句子控制。能读懂的人,不用解释。

算起来,以 1993 年开始发表散文为起点,到 2018 年,我写作也有二十五年时间了。但如果以诗为起点,就可以把这个时间再叠加五年——十五六岁的年龄,第一选择就是写诗。最初是慷慨激昂地写,热血沸腾地写,堂而皇之地写,甚至不怯于当众朗读。可写着写着,就开始羞涩,开始软弱,开始偷偷摸摸。

这么多年来,也还在写。在写小说和散文的间隙,读诗一直是一种补充营养的重要方式。读着读着,心痒痒了,就写。只是不太好意思让人知道,更不太好意思拿出来发。是因为觉得自己写得不好,更是因为写诗这件事,纯粹成了自己内心生活的一件事。

诗,就是私,极度隐私。

诗人总是让我敬而远之。但诗总是能让我一头扑进她的怀抱。


也因此,对于这本诗集的出版,我一直在犹豫。在写这些话的此刻,依然在犹豫。尽管到 2018 年为止,我出版的书至少已有 50 本,其中一半散文,一半小说,唯独没有一本诗集。

是的,我想有一本诗集,可又不想被那么多人读到。尽管也许这是我印量最少的书了。我对编辑说,你随时可以停止,不出版没关系,真的。

这可真是不讲道理啊。


好在,诗本来就是不讲道理的。

不讲世俗的道理。

诗所拥有的,就是那种不讲道理的疯狂的爱,和美。

只要还能写下去,我就会一直写诗的。只要写诗,就不会觉得自己老。

我要在诗中,保留此身少年的幻觉。

# 目录

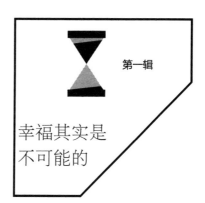

第一辑

幸福其实是
不可能的

# 终止爱情的 N 条路径

## 1

该怎么停止爱你
我想了很久

每天,儿子平安回家之前
我都会想:
我其实别无所求
只要儿子平安回来
这个世界所有的凶险
在他敲门的一刹那
都化成了一缕轻烟

毋庸置疑
和爱你相比
我还是更爱他
他让我的愿望降到最低

低到可以努力不爱你

只是等他睡下,我的爱情又自动开机
它是一台系统中毒的电脑
如果有一天
它被砸碎了
就可以不爱

2

就这么缠着你
每次被你冷落
被你温和地漠视和羞辱
一忍再忍
忍有可忍

也许有一天,你很过分
让我觉得自己卑贱至极
烧心自焚,万念俱灰
那个时候,我会不爱你吧

也许,我之所以死皮赖脸地缠着你
就是在等待这个时刻
像一个绝望的囚徒
等待被刽子手枪毙

3

当我老了
丑陋到失去了性别
再也不能站到你的面前
我肯定也不会再爱你

我要留着最后一点儿可怜的爱
来爱一下自己

4

当你明确地对我说：
谢谢你，可是我不爱你
这个时候，我也不会再爱你的

如果你真是这么想的
就这么对我说吧
不要客气。
——我鄙视这种客气
这种客气本身
也会让我不爱你

# 只　要

你的每一条短信和微信
都是礼物
电话更是豪礼
不,内容不重要
哪怕是责备
甚至是坏消息
只要是来自你
我似乎都可以怀着喜悦
全盘接纳

哪怕是一杯最苦的药
你送到我的面前
说:喝吧
我便如饮琼浆

还计较什么呢?
只要你还活着,我也活着
只要是你给的,给我的

# 这身体

夜里关灯后,想起你

我的嘴角就弯了

想起你的样子

你的一言一笑

你斜睨的眼睛

骂脏字都那么干净的声音

我的嘴角就弯了

有什么不明白的

看你一眼,我就明白了

有什么放不下的

见你一次,我就放下了

睡不着的时候,想你一会儿

我就猪一样地睡着了

快睡着的时候,再想你一会儿

我就会像清水一样,又醒了

想起你

亲爱的人啊

不是爱情，

胜似爱情

要我怎么说才好呢？

诗三百，一言以蔽之：

我这能想起你的身体啊

它活着

这真好

# 在榆林,爱着

在榆林,又想起你
你也来过榆林
想起你说起过的
榆林的一切
那一切,在我看来
都是你

我就是这样一个小小的女子
在你这里,似乎永远都是
走到哪里,你的气息都不散
你分明活着
却能让我随时随地陷入缅怀

就这样爱着
仿佛你已经死了
爱着,
在无望中慢慢让自己变得深刻
爱着,

从你生时,到你死后

爱着,

从我生时,到我死前

# 在火车上(组诗)

## 1. 在火车上

在火车上

我对陌生人谈论着你

虚构着和你在一起的一切

理直气壮,落落大方

我喜欢这样的时刻

没人认识你

也没人认识我

而在另外一些时刻

我们要离彼此很远

即使你在我身边咳嗽

我也要假装没听见

## 2. 无所谓

"我爱你"

你沉默

即使你的沉默不是羞涩

即使它意味的是拒绝

那也无所谓

反正我就把它理解为羞涩

反正除了爱你

在男人这个问题上

我也没什么事情好做

## 3. 这样的人生

黑夜的火车那么慢地

把我带往远方

我躺在此起彼伏的呼噜里

想你

能够想你

能够爱

这样的人生

好得只有用诗来歌颂

## 4. 你在哪里

深夜的列车

这晃动不已的绝大铁床

呼呼地叫喊着风

载我回去


厨房里的锅碗瓢盆

微波炉上的淡淡油腻

都在等我回去

儿子踢乱的被子

上周刚买的桑蚕丝睡衣

都在等我回去


你在哪里

我问自己

你在这里

我摸着自己的心口


## 5. 天使告知


睡梦里

天使降临

以从未有过的严慈

说出真理：

爱情这件事

甜蜜又绝望

从来如此。

能够碰到

就已经是幸运之子

## 6. 爱的人大代表

我爱你

这真是一件艰难的事

又艰难,又自然


我爱你历尽沧桑的容颜

你嘲讽的笑

你冷峻的虚妄的眼神

你长长的怜悯的慈悲的叹息

你对一切人的爱

包括对我的

我是其中最平凡的一分子

——爱的人大代表


我是爱的人大代表

出席你主持的会

亲吻和拥抱就是奖牌

我手持唯一的一票

永远投给你这孤寂的脆弱的

英雄的君王

## 7.知　道

我知道他们都知道
你也知道他们都知道
关于我们
关于奸情
或者关于爱

那又怎么样呢?
知道就知道呗
事实上,那一群笨蛋
他们对我们很无奈
无论是奸情
还是爱

## 8.坏

我多么坏
有时候故意表白
为难自己
也为难你
你本来顽皮地逗着乐
放荡洒脱,轻浮可爱
我的表白打断你流畅的表面欢快

让你立马停顿下来

我还真是坏
有时候突如其来的表白
就是为了让老练至极的你
让心长茧子的你
暴露出生涩柔嫩的某个瞬间

## 9. 不谈恋爱怎么能算人呢

这是火车的夜晚
K1159 次
从山东开往广东
软卧车厢,四个女人
每个人都在用手机或者脑子
谈恋爱

是人,怎么可能不谈恋爱呢
不谈恋爱怎么能算人呢

火车过了商丘、兰考
它已经进入了河南
我的身体在被它开
我的爱情在被你开

## 10. 赌　徒

和你赌这一局
一开始我就输了
起初输得不舒服,不甘心
渐渐地输得上了瘾
成了一个资深的赌徒
再后来明白
能和你赌
本身就是一种赢


所以我要让自己输得漫长
越漫长越赢
所以我要让自己尽可能地
输光
输光
输光


血本无归?
按照能量守恒定律
当然是有归的
能归到你这里
是我的最高理想

## 11. 老 玉

你真的老了
皱纹越来越多
头发越来越少
眼角的皮肤下垂
小肚腩微微腆起
人到中年
将至暮年
是深秋之叶


我爱你这一切
和你咄咄逼人的英年相比
我更爱你这一切
你破绽百出的这一切
这才是我的
如同旧睡衣上的褶皱
这才是我的


"我是打折的旧货"
岂止没关系
简直太好了
我满心喜悦
请原谅我的卑劣吧

不打折的你让我胆怯

抢的人太多了

只有贵重的旧

才能让那些浅薄之徒渐渐退却

我也才有底气上前

把你抱在怀里

像抱着一块巨大的包浆老玉


## 12. 半只纽扣


那一天,我替你拿着外套

那件灰色的厚外套

我把它仔仔细细地摸了一遍

发现了一个秘密:

右边袖子下方的那只纽扣

只剩下了一半


或许不是秘密

就是一件不是个什么事儿的事儿

但你是那么完美的人

我觉得,这就真的还是个事儿


但是我一直没有告诉你

我无法启齿

这残存的半只纽扣

遮掩着我最后的爱情裸体

## 13. 神　啊

神啊

每天，我都感谢你

让我的孩子平安回家

让他健康不生病

亲爱的你也如此好

没有坏消息传来


这一切不容易

需要每一辆路过他们的车配合

需要每一个路过他们的行人配合

需要风雨雷电以及阳光配合

需要神的特别祖护


是的，神在祖护我

我这有罪的人

常常心怀侥幸：

最爱的人皆好

这是否在证明：

神对我

真是由衷宠爱

# 远

离你实在是太远了
远得，只能放在脑子里
想啊，想啊
不停地想

其实，我愿意这么远
这么远是最好的
就像平原上的太阳
总是安全照耀
要是在高原
那一定就得晒伤

# 拥　抱

这是我和你

两个人的拥抱

我的手搭在你的肩头

你的手轻拢我的腰肢

是衣服和衣服

是皮肤和皮肤

是所有的表层形式

尤其当着众目睽睽

这轻浮的仪式

正完美地毁灭着一些东西


再见,我爱你

我爱你,再见

"再见"震耳欲聋

"我爱你"默不作声

当我们笑着松开

你的衬衣多了一道褶子

我脸上的皱纹深了一寸

# 兄　妹

母亲已经苍老

你的一部分还遗失在童年

我也一样

对视之后,一双手伸过来,将我们捧进这

小小的,温暖的,湿润的

最初的子宫


我们成为孪生兄妹

一起看嗡嗡的蜜蜂,白杨的落叶,麻雀的眼睛

和银灰色的雨点

以及最远的那颗金色星星

我们打仗,怄气,嬉闹

相偎睡去

口水和口水流在一起

梦和梦也会时常串串门儿


就这样恋爱吧

重新成为孩子

见面时拥抱

分手时微笑

不撒谎

也不请求原谅

# 幸福其实是不可能的

我已经习惯了对你表白
也已经习惯了你的沉默
鉴于曾经目睹过你的拒绝
我知道
沉默已经是你的最大许可

早就不再奢望什么
只要彼此活着
活着就能爱,和被爱
而幸福
其实是不可能的

# 我是(组诗)

## 我 是

你是火
我是火上的一条鱼
这样烤着
才会散发出香味

你是酒
我是酒里的一只虾
在酒的香气中，
慢慢醉成一道美味

我是鱼虾
这鱼虾从你的海里捞起
周身带着你的气息

## 座　位

你就坐在那里,吃饭
我端着餐盘,很想过去
可是脚步离你越来越远

我坐到了一个男人对面
和他陌不相识
人声嘈杂,听不见你的声音
那父亲一样的声音

和你在一起,咫尺之近
却又万里之遥
而隔山隔海的时候
又感觉肌肤相亲

## 距　离

和你这么近,这么幸福
一句话不说
这个世界,我已足够

无可救药,我爱你
坐在你的身后

整个大巴都是天堂般的可爱

## 过　程

知道你在
我突然六神无主
怕你看见
又怕你看不见


我躲进房间
反复梳洗
全身出汗
一遍遍洗澡
……像个少女
正在蹩脚地恋爱


照着镜子，我对自己的容颜
甚至绝望
不能好看地站在你面前
这简直是一种天谴


午间一点半
我知道你已经吃过饭
才终于来到餐厅
餐厅即将打烊

一盏盏灯关闭

我吃着最后一盘冰凉的炒饭

小心翼翼地辨析着

这个空间里

你气息的残骸

# 突然知道

突然知道
如果我死在你之前
你是不会为我写一个字的
当然,死在你之后
你更不会
总之
你不会为我写一个字

那么
也请不要和任何人
谈起我
在你的生活中
请让我像个最严守的秘密
始终沉默

我突然觉得
这样很好
简直是,

最好不过

但是我
我一定不会沉默
如果你在我之前死去
我一定会写很多很多
所有的,都是我写给你的情书
你看不到
这是我特有的惩罚式颂歌

也许,爱就是这样
有人恒久缄口
有人倾诉无休
还有一些人啊
他们欲言又止

# 我们都是薄情的人

看起来深情款款
其实我们都是薄情的人
连拥抱和亲吻
都有着某种分寸

这个世界,告别多么容易
永别也很容易
见面是活,
离别是死

"在薄情的世界里深情地活着"
这句话,我从未动心也从未相信
怎么可能呢?
薄情的世界里,只能薄情地活着
深情的世界里,也常常得薄情地活着

打开门,
我爱我们,爱你们,爱他们

爱所有人

但是关上门独处时

我永远只能爱我自己

自己之外,我无能为力

哪怕是最亲爱的你

# 同居记

1

同住一栋楼,不是第一次
只是这一次,感觉尤其强烈
同一楼层,你在这端,我在那端
中间连接着深红色的地毯

你开着笔记本电脑,你抽烟
有人敲门,你打开
烟雾缭绕中,你大笑着
或者不说话,只是沉默
…………
这一切离我只有 50 米的
物理距离

这栋楼,只是一个两居室
其他人都可以忽略不计

大堂是客厅

你在一间,我在另一间

推开门

我们就可以彼此看见

太幸福了


这种幸福感,和在一个会场时不一样

即使是挨着坐,也不一样

众目睽睽之下

不会有这种私密的幸福感


## 2


喂?

嗯。

你怎么了?

感冒了,头疼。

下午不是还好好的吗?

硬撑的。

吃药了吗?

吃了一颗药。

那,好好休息吧。

好。

…………

每一句问候里都含着:

我爱你
每一句应答里都含着：
我知道

3

从来没有这么爱过一个人
不用性器官
只用眼睛去看，嘴唇去说
手去写，心去爱
或者说，这一切都是性器官？

近乎屈辱地爱他
爱他，像爱，神，一样
哪怕他早上穿着内衣，蓬头垢面
他吃东西的时候大口吞咽
他骂脏话的时候粗俗不堪
也一样爱他
只能更爱他

爱他，他知道
他折磨我，我也知道
——折磨这个词其实说的是他的回避和畏怯
他知道，我也知道

这个世界啊,如此之大

如此之大,我只爱他

从来没有这么爱过一个人

也再不会这么有力气去爱一个人

哪怕不能得到

也根本不曾奢望得到

哪怕只能在自己的爱中得到


——这个世界,如此宽广

但是如果不能爱他

那就无边荒凉


4


很多时候,我和他都是

丑陋的,庸俗的,卑下的

虚伪的,圆滑的,世故的

我们很脏

已经不可能干净


可是,为什么我却一直相信

我们面对彼此时

是干净的

干净得像个刚出生的婴儿

## 5

这种爱

最难过的时候

就是窒息

就是濒死

就是酷刑

就是——

你朝我笑了一下

我的眼前就是一个美丽新世界

## 6

爱情使我成为中年少女

心如地狱，人如魔鬼

只有沉默的纸和慈悲的笔将我收容

让我得救

# 桃　花

正值初春
这是二楼
窗外是一树桃花
似乎伸手可及
伸手，却不能及

明明是平等的桃花
其实却是不平等的桃花
桃花的高度在二楼
我想亲近她
必须下到一楼

这就是我和春天的距离
这就是我和爱情的距离

# 他的爱

1

他爱着各种各样的女人
刁钻蛮横的,飞扬跋扈的
文艺范儿的,市井范儿的
矫情的,率真的
世故的,幼稚的

我一直想不明白
他为什么会爱我
这一刻,忽然明白了
他既然会爱她们
就会爱我
我就是她们
她们就是我

2


他那张照片

沉静,妖艳,衰老

历尽沧桑

斜睨的眼神里流溢着

含情脉脉的挑逗和嘲讽

像个年老色衰的妓女

这个老妓女啊

曾经色艺倾国

如今既无比空虚,又无比强大


我绝不会告诉他

我喜欢这张照片

不过我知道

他一定也喜欢这一张


3


他也是寂寞的,常常

发微信自拍照的时候

迅速在朋友圈的微信下点赞的时候

坐在会场上两眼望天的时候

喧闹的酒宴上,被人频频敬酒的时候

我知道他的寂寞

我的寂寞和他的寂寞
无论遥遥相对
还是擦肩而过
都不打招呼


4


他太昂贵了
应该是男人市场里
最昂贵的一个
我买不起
所以很卑鄙地暗暗巴望着
有一天,他会被打个折
但也一直绝望着
因为知道
好东西不会打折
只会断货

# 请继续贪婪下去吧

毋庸置疑,我怕你

突然间,我知道

你也是怕我的


单独在一起,你抽烟的时候

沉默片刻,你没话找话的时候

同桌吃饭,你在餐桌的另一端

眼光在我脸上停顿,又闪开的时候

所有你想说什么

又没说什么的时候


你怕我

如怕一团滚烫的火

可你也迷醉于我的热

你这个拿不起放不下的

贪婪的人啊

请继续贪婪下去

请继续贪婪下去吧

# 情诗一组

1

你爱我
你居然爱我
我欣喜若狂：
这世界，怎么了？

所有的委屈瞬间放下
无限满足
可是，突然间又满是恐惧：
你爱我，
这事实如此美满
这夜晚如此美丽
让我觉得不该如此

——是不是，明天我就要死了
所以才引得老天垂怜

让你心动

2

你爱我
对我而言
一生中最重要的事情
已经发生

还没有做爱
但高潮已经频频来临

3

从爱上你的那一刻开始
我才知道什么是爱情
我的爱情
只有被你定义
只能被你定义

4

一直以为自己是个不纯洁的女人
但对你的爱情让我明白
我原来

纯如处子

5

你在我怀里哭泣的时候
请原谅我,我最亲爱的
我的悲伤满怀喜悦
你在我怀里哭泣
我拥抱着你的所有柔软
我拥有如此特权
——我沉浸在这样的欢乐中

6

抱着你的腿
我坐在地毯上
地毯很脏
可是,那脏也是好的

我轻轻地揪着你的腿毛
想要拔掉一根,装进口袋
你的眼睛里都是笑意
你轻轻地喊:
臭丫头,臭丫头

最亲爱的人
我爱情的父亲
你诞生了我
并且赐予了我如此乳名

7

"其实,你在我心里
就是一个孩子。"
你说着,张开怀抱
把我紧紧抱住

没有比这话更好的了
没有比你更好的了
我在这尘世经历了无数废话
只是为了碰到这一句

8

"世上的男人,都很坏,
都一样一样地坏。
不要相信他们,
包括我。"

我知道你很坏

但坏,也是好的
而且,因为你的坏
我觉得其他男人的坏
也都很可爱


9


你的坏,
给我好吗?
都给我好吗?
只要你能允许
我这样在你身边


10


我多么好奇
你究竟怎么了
会这样大发慈悲
会给我这样一个夜晚


我要把每一秒钟
都做成
最防腐的美味
在你离开之后
细细咀嚼

绝不让自己

饥饿而死


11


那天，谈到生死

你说你不想活那么长

你想活多长呢？

我想和你一起


只要想到有一天你会死

我就会哭起来

自己也觉得荒唐

可是就是这么哭了一场，又一场

直到有一天豁然开朗：

也许说不定，我

会死在你的前面呢

很可能你会为我哭呢


这种美好的可能性

让我顿时放下心来


12


一直想送你一条围巾

不厚不薄,四季可用

深色的,耐脏

很贵,值得珍惜。

它会不松不紧地抚摸着你的脖颈

偶尔,你下颌低垂

会在它的怀抱里打个瞌睡

偶尔,会有落发无声地抵达

像我在对你无声地缠绕


可是,你说你要钱包。

好吧,那就钱包。

身份证,银行卡,零用钱

你必要的、世俗的一切

就放在那里面

你的手汗会慢慢地浸染着它

还有,我羞涩又无耻地想象——

你的照片会放在里面

就像你在我的身体里面


这就是我们的爱情:

一个象征的我,

拥有着一个象征的你

负负得正

抵达真实。

## 13

想你,这件事

变成了一日三餐

变成了空气

无处不在,随时进行

如果不是因为对你的爱情

我想自己肯定已经厌世

所以

请允许我爱你吧

也假装你有点儿爱我吧

哪怕这爱很细

细得像一根草绳

我也可以据此攀缘

从谷底上升到平原


## 14

我清楚地知道

我爱着你

也被你爱着

多么幸福


确定,怀疑

再确定,再怀疑
确定越来越深
终于坚决确定

我的亲人,我的国王
把最好的自己给你
尽全力给你
这是我以前做过的事
也是我以后要做的事

## 15

根据你的种种表现
我核对星座网站
他们说:
其实他没那么爱你

一点儿都不沮丧
"他没那么爱你"
——前提是有点儿爱吧
这就够了

## 16

你对我是那么重要

可是，
如果没有你
我也还是要活下去

## 17

每一条短信和微信发出去
都如同蹦极
我大无畏地面临深渊，一跃而下
你的回复是强劲的安全绳
让我和粉身碎骨保留着一段
有惊无险的距离

可是，我毫不怀疑
会有一天
我会坠落下去，坠落下去
粉身碎骨之后
灵魂上升，
回望自己蹦极的过程
惬意微笑

# 你那么好

你那么好

好到了天上

如同太阳


太阳照耀着我

万物生长

太阳一直照耀着我

把我灼伤

其中的分寸

真让我绝望


你那么好

这注定了,我们只能

在夜晚相遇

仅用太阳漫不经心反射出来的

一点儿月光

对我而言

就已足够理想

你那么好

好到

我只能认为这爱情

是出于善良

# 看

## 1

大庭广众, 众声喧哗
他的目光在每一张脸上拂过
为每一张脸上都准备了充足的笑容
唯独看见我时
没有表情
或者说, 表情是禁欲的冷

好吧, 就这样吧
唯独是我
哪怕是给我一刀
哪怕是要我的命
只要唯独是我

2

他离我那么近
只隔着三排
我看着他的脑袋
距离有我两三个胳膊那么长

他拿起矿泉水瓶
我也拿起
和他一起喝同一种水
这水多么甜润啊

3

他微微蹙着的眉
他坐着时挺直的背
他的白衬衣系紧领扣
或是，松开领扣
都是那么好看

他生气了，面如霜雪
他大笑着，灿若朝阳
他的一天比一天深起来的皱纹
他的不整齐的牙齿，还微微发着黄

可是,都是那么好看啊

开会时那么无聊
可他也是好看的
他从不刷手机
只是瞥一眼时间
他偶尔会抬头看看天花板
那短暂的瞬间
也是那么好看

我亲爱的人
好看的人
我看着你啊
看一眼,少一眼
看一眼,多一眼

4

去看他吧?
去看他吧?
我调整出最平淡的口气
小心翼翼地恳求每一个人
每一个可能和我同去的人

去见你,这件事情如此庞大

我不能一人支撑

必须找人合作

哪怕合作者只分担1%

1%只是形式

99%的内里都归我


因为你

我可以最勇敢

也可以最怯懦

# 红　包

这个红包,终于发了出去
你回复的口气很是不悦
"没事发什么红包?"

真是的,难道有事发就对了?
有多大的事发多大的红包?
那么发多大的红包能把你买下来?

但仍然心中欢喜
不过是想找个由头跟你联系
哪怕收到这样的斥责

红包悬在那里
像一颗孤独的柿子
终于等到了你的接纳

——5.20 元
小小的阴谋得逞
你真慈悲啊

# 关于马的梦游（组诗）

## 一匹马从草原来

你是白色的
你的眼睛是金色的
盛满了阳光和菊花的笑脸

一匹白马
你如此高大
文质彬彬，却野性未改

站得很正，跑得很快
你的背上没有雕花的马鞍
你也从不畏惧鞭子

一匹高大的白马
我的情人
我站在一棵树下等你

直到等成一棵草

当你低下头去将我吞下的那一刻

我流下了欢悦的鲜绿泪水

## 关于马的梦游

因为一匹马

我成为草或者花

但其实,我也想成为一匹马

和他走在一起

可以跑得很快

也可以走得很慢

马鬃飘飘

马尾飘飘

在同一条小溪里饮水

在同一块石头上跳过

暮色降临,我们在同一个山洞里休憩

某一天,我们在同一道山涧里

失足死去

这些想象让我落泪

但是,我亲爱的马

别怕

在想象的被筒中

我伸出细腻的脚丫
趾甲瓣上的绿色荧光是小小的森林
每天他们都载着我和爱情梦游
只要有你
梦游的生活对我来说已是足够

## 幸福的作业

一朵花,比如最卑微的一朵山菊
我只想安静地开放,凋落
是的,我也有太阳的金色热情
但我不信会有同样金色的眼睛

可你来了
你这匹笨拙的白马
用你的铁蹄向我温柔地靠近
然后,你瞄准,踩下
一下子就碎了我的蕊

其实我可以逃脱的
风告诉我:摇摆不是罪过
但我没有
爱情是女人的道
作为女人,我想在一生中殉一次道
太久太久

我早已经厌烦了自己的过于机警

于是,就袒开了自己的心
迎向你的力
一瞬间啊,芳香爆破
到处都是甜美的低语:
看,她开了,她开了,她开了……

请让我残留的花瓣跟你一段吧
一百米,两百米
一根手指,或一道掌纹
我知道你不会带我去远行
但是亲爱的人啊,这没关系
每年春天,
我的花根都会在这里倾听
我的耳朵会生生不息
——这漫长的作业我会做到终老
每一行都是幸福流溢

# 发糖的人

他偶尔会发糖
糖因此更甜

他打电话时的沉默间隙
他笑的时候
他长长地嗯的时候
他叫我臭丫头的时候
我知道,他偶尔也是爱我的

发糖的人,他本身就是一颗
巨大的糖,行走的糖
他有楝树的苦,柠檬的酸,
有秦椒的辣,海水的咸
还有青柿子的涩
可他的后味儿总是甜的
是葡萄酒的甜

对了

他还有着石头一样的硬

和丝绸一样的软


这一枚巨大的糖

什么时候会变成沸腾的糖浆

将我从里到外地灌满?

他总是很远,太远

用各种不可企及的距离

掐死我的期待


不过,没关系

心里的舌头还足够长

让我能毫不费力地舔舐他

一遍,又一遍

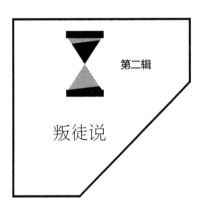

第二辑

叛徒说

# 老少女

因为从未碰到过那种爱情
那种想要的爱情
我便一直觉得
自己还是一个少女

但是,不再想试牛仔衣裙的时候
觉得蕾丝花边儿很多余的时候
读书只关注形容词后面的主语的时候
我确认,自己已经老了

可我还是少女
依然喜欢踩雪,听雨
喜欢幽翠蜿蜒的山路
喜欢那些真切酷烈的诗句

这一个老少女
简单、纯真和明媚都有着
更高的级别

和更孤独的处所

爱情,也是

# 年龄问题

相遇的每一个人

都会让我想到自己的年龄

十八岁的人

让我想起自己的十八岁

二十岁的人

三十岁的人

四十岁的人

…………

他们和我越来越近

有的迈过了我

五十岁

六十岁

七十岁

…………


有时候,我觉得十八岁很近

有时候,又觉得四十岁很远

有时候,还觉得八十岁很亲

更多的时候

我吃惊于同龄人的苍老不堪

觉得他们每一道皱纹都有灰尘

每一个音节都有皱纹


你多少岁?

我沉默以对

不尴尬,也不羞耻

只是困惑于真正的年龄

因此,有时候

我期待自己尽快变老

变得很老,更老

老到让年龄成为一个无动于衷的数字

可以随意脱口而出

# 在这左顾右盼的中年

这没有余地的中年
既然一眼能看到底
那其实,不如不看
假装一切刚刚开始吧
以无耻的天真享用这个世界

这是我的中年
我选择生机勃勃的好奇
不彻底的幼稚和热情
纠结地接纳和付出
偶尔愚蠢地发疯和发情

肉体终会完结
人生会以各种方式继续
只有中年的某一刻
才能触摸到这个微妙的真理节点

在这左顾右盼的中年

我尽量束紧腰肢

让臃肿的身体变得

团结和温暖

# 厕所里的烟灰

只有一丁点儿
在下水口的边缘
如散乱的丝线
我已经不止一次在卫生间蹲坑时
看见了这烟灰

一定是同一个女人抽的
她躲在这里
默默地抽一支烟
平时不能光明正大地抽吗
否则犯不着在这里过瘾
或者是瘾太大？
必须随时得抽
又或者是因为便秘？
能让她放松的只有可爱的烟

我不想知道她的姓名
烟灰里有她的面容

# 第一天

这是新年的第一天
2016
其实,所有的人生也就是
这么一天

过去的,清晰可见
未来的,茫不可知
所剩的时光寥寥无几
每一步都行走在
岁月的悬崖峭壁
而任何胆战心惊都
没有意义

去他妈的
就这么往下走吧
反正总得往下走
那就走得
稳当一些

好看一些

舒服一些

看看草,看看花

看看流水,看看石头


如果脚踩空了

就如树叶飘落

不要叫喊

如果走不动了

那就随地而卧

静静休息

# 独自吃饭

已经好几年了
我不曾独自吃饭,在餐厅
今天我逃会一天
终于得以一个人午餐
一个人占据一整张餐桌
一个人占据一餐桌时间

一道清炒菠菜,有点儿咸
一小碗油泼面,有点儿硬
不过此时
它们的缺陷都很可爱

服务员看我的眼神有些胆怯
邻桌人看我的眼神有些怜悯
这个孤单的女人
是否有点儿变态
或者刚刚失恋

可是我多么幸福

仿佛活了四十年

就是为了这么吃一顿饭

沉默地,自由地,简单地

略微带点儿矫情地

独自吃一顿饭

# 飞翔之夜

我们在一起饮酒大笑
寻欢作乐,声色犬马
我们这一群人坐在星光下
怀着伤痛,满面笑容

这是欢乐的夜晚
每个人心中都有深藏的沉重
乘着烟雾和酒香的翅膀
我们在沉默中飞翔

飞翔,飞翔
其实就是为了飞翔
飞翔,飞翔
一切都只是为了飞翔!

# 公交车上（组诗）

## 大年初七

春节后上班第一天，
大年初七
在阿拉伯数字上，
也是诡异的情人节

我在公交车上
年轻人很多，很拥挤
他们的气息很好闻
车的中部，那个不设座位的广阔地带
我倚仗着一只吊抓环
承受着他们的挤压和冲撞
让自己的呼吸在玻璃上蒙出一层水汽
——这描述有些色情
却是这世界上最严肃的事情

我不认识他们

彼此彻底陌生

却又本质熟悉

都是人而已

在这冬末,或是早春

与其和所谓的亲朋好友虚张声势地推杯换盏

或是和所谓的情人各怀心事地交流体液

不如和这些人在一起

相顾默然,摩肩接踵


这尘世,我孤独已久

隔着攒动的人头

我看见一张中年男人的脸

我和他对视一眼

便都把目光移开


## 早晨公交车,他们


几乎没有谢顶

这些沉默的青壮年男人

黑色短发凝结成一片乌云

深色衣衫是另一片乌云

车窗上白蒙蒙的水汽画纸

这一分钟被蹂躏,下一分钟就复原

如同他们的丰饶伤痛和强悍欢欣

——他们对此隐喻无动于衷

任凭他们鞠躬尽瘁的城市

在水汽的化妆下，

获得了一种虚幻的美


他们抽烟,喝酒,找女人,博彩

打游戏,看电影,加班,吹牛

甚至笨拙地洗衣服,偶尔下厨做做菜

接打老家的电话时

手心温热,又如履薄冰

指望薪水每月都能准时发

每年都能高那么一点点

指望什么时候有些许好运气

邂逅一个傻白甜的女孩

…………

此时,他们身边的女孩

和他们一样都沉默着

她们和他们,想的不一样


他们全都比我年轻

对这世界,对金钱,对异性

他们都有着充裕的荷尔蒙

作为事实上的寡妇

徐娘半老的我

爱在这个时刻,混迹于他们中间

以这样的方式怀着

最盲目最深刻最慈祥最无原则的柔情

对他们进行着最纯洁的

意淫


## 祝　福


早晨六点半，这城市

刚刚醒来。

公交车的哈欠里

尚有一股清新的气味

人也不多

疏落的层次入画也不难看


坐在最后一排

这是我最中意的地方

像一个老祖母

我看着所有人的脑袋。

这个早晨，我和你们一起搭公交

这一切

亲切而荒诞


彼此不知姓名

只有很明确的一点：

我们都是穷人

谨小慎微,路途遥远

亲爱的同车者啊
我祝福你们
拎着空包的老人
背着书包的孩子
戴着耳机听歌的粉衣女子
目不转睛刷着手机的青皮少年

只是祝福
没有内容
没有健康长寿,
也没有恭喜发财
很抱歉

这世界,大雪无边。
我的祝福微如烛火
也许只能回馈自己一点点温暖
好在,我也并不贪婪

# 所谓失眠

所谓失眠

就是四堵墙

是没有门窗的房间

不知从何而入


我走啊,走啊

直到筋疲力尽,神思恍惚

不知不觉就瘦成了一把最薄的刀

穿墙而过

# 关于微信（组诗）

## 朋友圈

这是一个奇妙的圈

圆心是我自己

小学同学红在乡下种地

去年瘫痪在床

每天更新至少十条：

"今天是观音生日，见者得福"

"世界顶级医学专家谈癌症，必看！"

"公安部公布最新毒品，做善事的就转吧"

"你只管好好做人，上天自有安排。"

…………

强在国企当副总，

每天更新三四条：

"男人的城府"

"你吃的不是点心，而是文化"

"把人引向毁灭的是不是金钱？"

…………

碎是出版社编辑，

两天更新一条：

"最伟大的教育，就是母爱"

"不凑热闹才能得到更好的人生"

"两性成熟的爱"

…………

以我为纽带

他们虚幻地聚在一起

热热闹闹地浪费着时间

点赞，评论，调情，炫耀，感慨

人人都是交际花

编成一个大花圈

他们彼此不识

我很欣慰

其实我和他们

也只是按个键的关系

## 扫一扫

我常常变成了二维码

其实我是三维的

有时还是八维的

甚至百维、千维的

扫我吧
扫我吧
像扫一堆垃圾
把彼此扫进手机
然后在垃圾堆里
寻找可吃的东西
填补一下虚妄的饥饿

## 我的收藏

只要有人打开微信的"收藏"
就能看到我的全部秘密

"30 岁的她睡了 21 岁的他"
——我是如狼似虎的 40 岁
"全国房价要断崖式暴跌"
——我有大大小小 7 套房子
"身材是你修养的外在体现"
——我是个胖子
"围巾这样戴,魅力百分百"
——我有 78 条围巾
"修武老俗话解析"
——我是河南省修武县人

…………

哦,还有我不拥有的那些

"你过来,我有个恋爱想和你谈一下"

"科技语言,未来人类会永生不死"

"你完全可以活得很王菲"

"4000 元租下 20 年的山居生活"

…………

因为永远也无法抵达

它们便成为最遥远的梦想

偶尔刺进我的眼睛

让它酸痛不止

## 聊　天

如果今天去某地出差

我会和接待的人聊天

如果明天去一个无聊的会场

我会和邻座的人聊天

如果在自助餐厅里

我会和对面的食客聊天

如果在出租车上

我会和健谈的司机聊天

打开微信的通讯录

我可以和任何一个朋友聊天

…………

排比句到此为止

最想聊天的那个人
让我常常沉默
千言万语
都只说给自己听

# 警　告

某一天

偶然暂时领受了某一个职位

生活顿时有了一些变化

开会,被安排第一个发言

吃饭,被安排坐首席

参观,被摄像者和照相者追踪

上车,有人抢先几步为我打开车门

有人为我拎包

有人为我打伞

合影的时候,被人推送到最中间

上厕所,也有人告诉我

哪个格子更干净

更要命的是

很多事情以我为准

我说了算

几点起床,点什么菜

行程从何时起,到何时终

…………

从没有如此

被注目被关照被尊重

被宠爱被谄媚被倾听

被各种各样的特殊待遇

所聚焦，甚至掩埋


你知道你是谁吗

我问自己

我知道，我知道

另一个自己忙不迭地回答

此时此刻

你只是一个职位

你所看到的听到的

只是权力的真相

另一个自己还战战兢兢地警告道：

这一切，虽然司空见惯

但对你这个人而言

真是既荒唐又可怕

千万不要习惯它们

千万要保持这种陌生感

千万不要对此理所当然

你一定要记住啊

全都是假的

全都是假的

你一定要记住啊

全都是假的

因为，它真的

全都是假的

# 酒　徒

他们都醉了
或者说想要醉
正在醉
他们在通往醉的道路上
疾行狂奔

他们都是杰出的酒徒
当酒精在血液里燃烧
他们便成为无赖
或者英雄

不爱酒
不善饮
不会醉
我坐在他们之中
冷眼旁观
深深羞愧
觉得自己是一个
可耻的人

# 节日短信

我讨厌那些短信

春节,元宵节,情人节

三八妇女节,植树节,清明节

端午节,儿童节,中秋节……

所有节日的短信

我讨厌短信中的任何语调

快乐的,吉祥的,祝福的,深沉的

智慧的,可爱的,调皮的,时尚的

…………

我讨厌,那些短信

我对一个朋友说:

请不要给我发短信

我删着很费力

他笑了,他的脸皮一向很厚

他厚厚地笑着说:

短信都是群发的

把你单独摘出来不发

这才是很费力

要不就得把你删除

你要我把你删除吗?


我沉默

我讨厌那些短信

可我也不想被删除

# 内　裤

想起内裤
就想起了这些：
手纸, 卫生巾, 精液, 汗水
当然还有鲜血和粪便的印迹

一定要善待内裤
她保护着我们最日常的出口和伤口
保护着我们隐私中的隐私
羞耻中的羞耻
秘密中的秘密

没有人看见她
她贴身而在
她不是让外人看的
她就是棉布质地的面积最小的
母亲

# 叛徒说

从车窗向外看

所有的村庄都那么秀美

这是春天

麦苗正盛放着她一生中仅有的

短命的诗意

绿,绿,还是绿

但你知道她不能用地毯来形容

这朴素庄严的绿

正准备安慰无数人的肠胃


村庄之外,是树木,小河,坟墓

蚂蚁一样行走的过客

和劳作的农人

这是车窗之外,令人迷醉的田园图景

嗬,就要到了,就要到了

——我一次次地滑到无耻歌咏的边缘

又一次次地悬崖勒马

我在她的内脏长大

是她血肉的一部分

我这个叛徒，在此时必须招供：

她的贫瘠、软弱、破败、肮脏

她的纯真、缓慢、宽容、博大

她的一切

一切的一切

都已成为我毕生的命运


高铁正在飞驰

驶向无穷的远方

我知道

我会死在这车窗之外的土地上

无论作为叛徒多么久

我最终都会回来

死在她的怀抱里

# 如果是我

所有的人都在赞美

仿佛在给活人开追悼会

被追悼的活人很惬意地听着

享受


当事人如果已死

这些赞美作为活人的游戏

是可以的

但当事人活着

这就很不体面


可是,这种会的本质就是如此

用体面的方式在完成一件不体面的事

我们对此都习以为常

当然,我也屡屡言不由衷

成为一个帮凶


如果是我,

如果我是当事人

…………

不,我绝不允许

这是我这个懦弱的人

对这种事

最倔强的抗拒

# 绳　索

死亡是万丈深渊

我们

从出生就开始

坠

落

坠落的长度

取决于

绳

索


我的绳索是：

小说，

诗歌，

散文，

——这些都是文学

此外，还有

爱情，

和书

在坠落之前

我紧紧抓着我的绳索

# 收割机穿过花园路

六月十三日,周一
早晨的花园路正在堵车
大郑州的肠道此时例行便秘
每一辆车都是排泄物
在等待中

收割机!司机喊
普通话的尾部残留着豫东口音
嗬,确实
前面有一台巨大的收割机
上面还有泥巴和麦茬

这一定是一台迷路的收割机
或者正在梦游
它笨拙地停在那里
让我想起豫北老家
此时的中原
麦子正从南往北成熟

这台收割机的方向是向北的
一定是去我的豫北老家

亲爱的收割机
你正艰难地穿越这座城市
正开向我的豫北老家
豫北炽热的阳光正在等待你
黑红色皮肤的老家人正在等待你
等待你去消化一块块麦田
反哺出一堆堆金色的麦粒

我该回去的
我该跳下这可恶的出租车
跳进你的怀抱
可是,我不
故乡只适合歌咏和回忆
只合适在超市购买农产品时
作为最重要的选择项
我宁可滞留在这堵车的大街
滞留在这没有花园的花园路

请原谅我,亲爱的收割机
反正沉默的你必须原谅
因为我早已经被这城市收割
成为一坨精致的粪

# 瞬　间

接水的瞬间
阳光灿烂
我看着他的手
这个给我倒水的少年

手心都一样的柔软
手背才是真相
皮肤上的图画
渐次展现

薄薄的一层遮瑕霜
间隔遥远
岁月的厚度让我悠闲散步
从雀斑,到老人斑

我看着这个少年
这个青草一样的少年
在某一个瞬间
重新恋爱

# 太美好的东西

黎明醒来

清晨就在眼皮的那一边

我不睁开

坚决不睁开


太美好的东西

总是过于耀眼

在他降至之前

我必须缓一缓

# 瓦的哲学

## 1

瓦是一弯弯土做的月亮，
瓦是一双双微笑的眼睛，
瓦是一张张拉开的小弓，
——思乡的箭已经将我射中，
让我隐隐作痛。

## 2

瓦与瓦的亲密，
模拟着人与人的耳语。
如果，城市里也有瓦，
人与人之间，
或许不会有那么遥远的距离。

3

乡村的瓦,也越来越少了。
有时候,我会感到恐惧:
我怕,瓦会成为一种奇迹。
我怕有一天,孩子会问:
瓦,是什么东西?

4

灰色是瓦最经典的底,
乡村是瓦最经典的底,
庄稼是瓦最经典的底,
它们,都是我们最经典的底。

5

对于一栋房子来说:
瓦是最重要的,又是最被忽略的。
瓦是最隐身的,又是最能承受的。
瓦是最卑微的,又是最为坚韧的。

房子拥有瓦的意义,
如同我们拥有大地。

# 唯有它

会议的内容很丰富

听报告、鼓掌、发言、讨论、表态

——可是谁都知道

其实什么都没有

除了整齐划一的堂而皇之

除了空空荡荡的义正词严


开着,开着

我就感觉自己正变成塑胶模特

扒一件衣衫

再换一件

各式各样的衣衫

让呼吸越来越困难


好在,还有它

——我的文件下

一定放着一本诗集

唯有它

唯有诗歌

能把我从这光明正大的暗室里

拯救出来


我紧紧地噙住这透明的吸管

这世界，只有这小小的出口

坚韧地洞穿到地面

依靠着它输送的氧气

我才有力气在一个会议又一个会议的熬煎中

谈笑风生

苟延残喘

# 午睡时分

已经到了这个年龄

如何午睡的微妙时刻

不睡,会困倦

睡了,又怕奢侈

像一点存款

不花不行

花了又心疼


小心翼翼地调整闹钟

放心大胆地等待被叫醒

偶尔耳朵会忽略它

睡了又睡,睡了又睡

轻微的负罪感

加重了睡眠的甜甜


如此中午的睡

产于中年

# 咸　的

每次体检小便留样时
我都会疑惑
那个杯子
它真小啊
谁能尿得那么秀气
不沾一点儿在手上呢

我手上有
留好了样,在卫生间里
我突发奇想
用舌尖,舔了舔
它是咸的

洗手的时候环顾四周
那些走出来的人
都面色如常
仿佛没有沾到手上
我知道

他们都沾到了手上
他们知道它是咸的吗

咸的
它是咸的
你知道吗
它是咸的

# 心　愿

总有一些不能对人说的

羞耻的心愿

也总能实现

比如某个年份某个时段

想挣很多钱

想出版很多书

想得个什么奖

想买个大房子

这些愿望,都很实在

也都有数字验证


还有一些心愿

属于虚幻

更不能对人说

也几乎不能实现

比如回眸看你时

你恰好也正看着我

比如你的沉默,微笑和拥抱

都能让我确认和你的渊源

比如看见或者看不见的

那些夜晚

命运的画卷徐徐展开

你的所在和我的所在

相隔并不是太远


实在的心愿

让我活得虚幻

虚幻的心愿

让我活得实在

# 一切美丽

润蓝色的天空多么美丽

越接近地平线

蓝就越浅,浅至发白

交界处的浅蓝白,多么美丽


浅蓝白消失的地方

墨绿色的树林多么美丽

绿色渐嫩,树林走近

变成了一棵一棵具体的树

树和树之间的黄色空地,多么美丽


乌云散处,夕阳如神明

突然为世界镀上了一层

毛茸茸的金

这瞬间所有的一切啊,多么美丽


美丽,美丽,我正在疾书的这支水笔

还有即将到来的黑暗的夜

能记录多少我就要记录多少

哪怕没有光,也没关系

# 以会之名（组诗）

## 主持人

会场上

最令我同情的是主持人

得热情洋溢地介绍领导和来宾

得一直保持专注倾听的姿态

得在两个发言者之间承上启下

得掌控掌声的起止

得把握每个人发言时间的长短

得在冷场时负责产生幽默

得在有人放纵时进行严谨管理

总之

得眼观六路耳听八方

像一个可怜的服务员

服务诸多心怀叵测的客户

最最可怜的

是在开会期间

他或者她

不能去上卫生间


## 您


"在您的批示、指示和高度重视下，

我们的工作取得了……"


"您"正襟危坐在那里

微微低着头，面无表情

没有看那个人一眼


感恩戴德的发言终于结束

"您"继续面无表情地让嘴巴靠近麦克风：

"下一位同志，请发言。"


## 桌　　上


每个人的桌上

除了文件，就是手机


最有序的是文件

最无序的是手机

没有人怕丢文件

所有的人都怕丢手机

## 私人标准

对于会场上的领导

我有一条私人判断标准：

凡是谈意见和要求

在三大点之内的

并且没有再在每一个大点中

又分出若干小点的

总时长也没有超过半个小时的人

都很善良

## 以会之名

你在忙什么？

我在开会

特邀您参加……

那天正好有会

您能不能光临……

真不巧,这段时间会太多

——以会之名
我得以略施小计
躲避另一些会
两会相争，我可偷空
如一条鱼，游在
两个会之间的河水中

## 以文学之名

这一群人
坐在初秋的会议室
连会议室都变得可爱起来了

天那么蓝，没有风
你一句我一句地，说着文学
其实谁都明白
文学无比遥远
不如手里的这杯热茶
可是没有它
我们不能聚在一起喝到这杯热茶

这是奢侈的时光
以文学之名
我无所事事
或者随便想一切事
或者只想一个人

# 再见,再见(组诗)

## 1. 罪

活着
总是要抓着一点儿罪
罪是虫子,
妖孽着心

## 2. 垃　圾

没有了爱情
但还是要在一起
在一起吃喝拉撒
看电视剧,生气,或是放屁

再好的爱情最后都会没有的
所以要选定一个结婚
从此开始:

萎缩自己

压榨自己

厌弃自己

庸俗自己

从此习惯说：

谁都不容易


就这样

在一起

直到彼此都成为垃圾

坚持到底，就是胜利


## 3. 渐渐地


渐渐地

我已不会爱了

只会感受

只会知道

只会微笑

只会说：谢谢


## 4. 从此以后


我终于认命了这种生活

这没有爱情的生活

我终于否认了所有的暧昧勾引
它们让我恶心

从此以后,杏红褪尽
从此以后,秋叶纷纷
从此以后,白雪茫茫
从此以后,毒死春心

然后,活着
像一个
最不正常的
正常女人

## 5. 长大的过程

每一个高男人,都矮了
每一个瘦男人,都胖了

每一个强男人,都弱了
每一个硬男人,都软了

每一个小男人,都老了
每一个老男人,都小了

作为一个女人

这就是我长大的过程

## 6. 再见，再见

再见,再见
我喜欢这两个字优美的节奏

再见,再见
人生就是一次次分手

再见,再见
一切挽留都是愚蠢的借口

再见,再见
我说再见时从不回首

# 不管怎样

不管怎样
我还是得这么活着:

做错了事情就去赶快道歉
道歉失去了意义就种在心里
常常惦记着用别的方式去弥补
沾了什么光就会觉得不安
谄媚了领导回家就得好好洗把脸
吃得太饱太好就会有负罪感
话说得太多就觉得挺不要脸
在城里生活得太久
回到乡村就总是弓腰缩背
像个猥琐的罪人

不管怎样,就是这样
我还是想活得干净一点儿

# 爱这个春天

爱这个春天

仿佛是人生最后一个春天

爱每一朵花的美

无论她开得多高,或者多低

多大,或者多小

多慢,或者多快


爱路上碰到的每个人

爱推车里的婴儿

爱轮椅上的老者

爱吵架的一对庸俗男女

爱男人的皱纹和女人的泪水


爱这个春天

这个春天的一切

这是我的春天

我会爱,能爱

也因此而值得爱

第三辑

我从他脸上
看到了自己

# 婊子和牌坊

"要真诚!
不能既当婊子又立牌坊!"
说这话的人
我认识他

一边说着两袖清风
一边拿着假发票去报销出差补助
一边说着获奖什么的毫无意义
一边找着一切关系请求照顾
一边说着仕途进步什么的算个屁
一边哭着对领导说熬了这么多年早该轮到我了
…………
这个极度分裂的人
我常常觉得他很陌生
每次见面
都犹豫着要不要和他握手

他说出的话语

好像比我干净

他做出的事情

实在没我干净


卑污猥琐的人生

谁都会染上尘灰的

谁都会分裂的

我以为,沉默会让这一切

显得稍微干净

会让分裂在沉默的根部

稍微融合

即使都是婊子

也会让婊子的品格稍微高贵


但他就是说着,说着,说着,说着

这个闪耀着正义之光的人

他真忙啊

——我突然明白

原来,这就是婊子中的败类

高贵的婊子知道珍惜牌坊

舍不得用牌坊遮脸

唯有低贱的婊子

才会如此地挥霍牌坊

# 丢失的十二年

那个正在喝酒的中年男人
他说他丢了十二年的日记
十二年的日子就都丢了

十二年
因为对文字的信赖
他的记忆力十分轻松
什么都没有记
他把记忆嫁给了电脑
电脑里的光标一闪,一闪
忽然,就诡异地发生了背叛

他丢了十二年
现在,他的十二年再也想不起来了
哪怕只有一天
他说着,喝着,就要哭了
委屈得像个被母亲遗弃的婴孩

我抱住他的肩

我说:没关系

其实那十二年你没有丢

只是你平时管他们太严

他们出去透透气

还会回来

# 骨灰的故事

那个人

他的遗嘱是把骨灰撒进黄河

他死后,大家就那么做了

在一个晴朗的日子里

平缓处,岸边

那些骨灰被撒进河里

可是第一把时,风向很怪

骨灰逆袭而来

撒了众人一身

有人还咳出了泪。


"他在以这种方式和我们告别吧。"

这解释不错

可有人回家后,还是把外套扔了

晦气。


第二年,又有几个人被召集着

过来举行怀念仪式

大家说着闲话,抽着烟

一会儿就去喝酒了。


第三年,只有两个人来到了这里

一人走前,一人走后

后面的人叹了口气,

说:以后别来了吧

不是薄情寡义

这里不过是骨灰停留过的地方

其实他的骨灰早就走了

我们的张望多么荒唐

说实话,每次来

我都觉得是在看自己的墓地。

# 还有一个人

这一天,有人去世了

他被尊称为前辈、师长

他离开了这个世界

离开了这个地方

朋友圈的某个群里

流泪的表情开始泛滥

你一个,我两个,他三个

合掌祈祷的表情也开始泛滥

你一个,我两个,他三个


我幼稚地以为

这个热闹的群

总该默哀一分钟吧

总该把这表演性的悲伤持续一分钟吧

但是,没有。

迫不及待地,

有晒获奖,纷纷点赞

有晒美食,纷纷流口水

有晒自拍,纷纷献花

他们互相调侃,互相吹捧

互相讥讽、搞怪

互相感叹、抒情

…………

赶集一样,熙熙攘攘

这满屏的杂碎

仍是热闹非常


我能够理解

但不能原谅


还好,还有一个人

他沉默着

他始终沉默着

在哀恸和欢乐之间

他保持了体面的距离

# 见过的人越多

1

见过的人越多
就越觉得
在这个世界上
每一个人都是寡人

2

有的人
你见的次数越多
就觉得他越脏
甚至连自己都变得脏起来了

3

真奇妙

有的人

简直就是消毒液

和他在一起时

你不由自主地就会变得干净


4


每开一次规模庞大的会

见到那么多衣冠楚楚的人

所有的人都笑脸相迎

在这样的时刻

我总是对自己满怀厌恶

觉得自己又堕落了一米


5


见过的人越多

就越觉得

你是露珠

你是钻石

你的存在历久弥新

似乎就是为了证明

你是一枚最大的珍宝

# 那个女人

1

那个女人，年已六旬
依然穿着超短裙
露着纤细的长腿
她一定觉得自己很美
她不知道自己老了
或者是觉得自己老但美

她站在年轻女人中
一会儿就走开了
站在老女人中
一会儿也走开了
她假装去看手机
故作专注的神情孤独至极

大合影的时候

她的灾难降临

她坐在第一排，让双腿合并

努力微斜出妩媚的线条

年轻的摄影师突然朝她彬彬有礼地挥手示意：

"那位阿姨，

请您把裙子往下再拉一拉。"


2


那个女人，因为个子很高

就更喜欢穿高跟鞋

因为皮肤很白

就更喜欢抹亮白霜

她这一辈子都在靠优越感生活

以此为利器，她一直在英勇地

斩杀假想敌


她不知道她的敌人中

有很多人怜悯着她

# 那张面孔

突然发现

那张面孔很讨厌

我知道这是粗暴的判断

不过是初次相见

可是,真的很讨厌

也许只是因为

——他得意扬扬

并且,已经老了


那个满头白发的人

他坐在我的对面

眼神狡诈、机警、刻薄

表情得意扬扬

简直要让我呕吐出来

他不知道

得意扬扬是一种特权

孩子的得意扬扬可以欣赏

年轻人的得意扬扬可以原谅

但是,年老的人

却不可以

活了那么久

经历了那么多事

浸泡过那么多黑暗和悲伤

怎么还能够得意扬扬

年老的人,只能宽容微笑

怜悯自己,怜悯别人

怜悯这个世界

尽管这软弱深厚的宽容微笑也让我讨厌

但和得意扬扬

有天壤之别

# 你的样子

你常常是不确定的
随意地到东南西北
水流到哪里,你就到哪里
水是什么样子,你就是什么样子
被盛于任何容器
似乎都可以

但你又是山
大风中,岿然不动
鸟声如洗,森林浩荡
野花烂漫,动物出没
你只是岿然不动
除非地震
你才能改变那么一点点

# 年 轻

那个年轻人

太年轻了

连他的疲惫都那么年轻

他打盹的沉醉都那么年轻

他站在那里，

手握不锈钢栏杆

每一次刹车时的微微摇晃

他都能用下意识的平衡让自己

迅疾站稳

继续打盹

我们是同一站下车的

电子报站声一响

他就像一条鱼

游到了车门处

我跟过去

握住他握过的那个栏杆

余热很热

余温很温

我怀着一丝羞愧的

嫉妒和爱慕

踟蹰了五秒钟

# 请 你

你的谎言

你的虚弱

你的卑劣

你的愚蠢

……这一切都长在脸上

众目睽睽

我当然也能看到。

你照镜子的时候

会视而不见吗?

真奇怪

因为明白,我微笑

因为怜悯,我沉默

我只能这样了

我也曾如此啊

在年轻的时候

可是,你已经这么老了

请你不要再标榜你的

高贵、纯洁、优雅、率真、厚道,等等

和你本人

相去甚远的种种美德

为自己留下一点儿诚实吧

哪怕只有一丁点儿

我也能够控制一下野蛮的傲慢

让尊重有一丝生长的空间

# 杀　瓜

对于西瓜，人们有多种说法：

切瓜

开瓜

解瓜

而这个男人

他说：杀瓜


杀瓜

瓜就流血

我们喝着瓜的血

这甜蜜的丰沛的血

血里有着黑色的蝌蚪

在呻吟中吟成乐谱


杀瓜

一个残酷又温柔的词

也隐含着某种深层的幸福：

有生命才会被杀

有生命的才能去杀

杀和被杀之间的沉默

有一种巨大的慈悲

我无法形容

# 糖三角的故事

四十多年前

一个很穷的村子

住着一群很穷的人


某一天

某家因为某个缘故

竭尽全力地改善了一下生活

这家的孩子

得到了一个糖三角


她捧着糖三角出门

碰到了邻居大婶

大婶说:能不能让我尝一点儿

看着很香啊


她把糖三角递给大婶

大婶拿过去

撕掉了一块

还给她

四十多年后
孩子已经长成了大婶
她依然记得那个糖三角：
"她说她尝一点儿，
可是总共三个角，
她撕掉了两个。"

这个极小极小的故事
我是辗转听来
却像得了强迫症一样
久久疼痛着
不能释怀

# 同 类

已经年过四十
你的眼神还那么纯真
由此我便知道
你和我同类

不该这么纯真的
这钻石一样的眼神
至伪,也致罪
它肆无忌惮地闪着光
对我说,这是命运

我厌恶同类
水平低级的同类
知根知底的同类
但是,诱惑也在于此
若爱,就会爱到最疼的骨髓

# 退休者

退休后
他开始变得柔软
他的眉毛开始柔软,说话时会动
他的微笑开始柔软,被阳光镀亮
他的声音开始柔软,有水声震颤

权力是一剂春药
让他一直硬着
现在,他开始阳痿,柔软
露出白花花的脂肪团

# 我从他脸上看到了自己

我从他脸上看到了自己

被粮食维持的肉体

被生活腌制的肉体

坐在那里

灵魂以优雅的姿态

缓慢地散发着酸朽腐臭的

衰老气息

这气息

因为人人都在散发

我们便称之为

香水


这个相距两米的人啊

我从他身上看到了自己

怀着最体贴的同情和绝望

我看到了自己

# 愚蠢的人

越来越不能忍受愚蠢的人
他们不说话还好些
对着一两个人说话也还能
让自己显得不那么丑陋
可是，当他们对着很多人讲时
我就很恶心
就觉得自己也愚蠢了
连写下这些关于他们的文字
也都非常愚蠢

# 在哭泣中

很久没有和人同住一屋了
不习惯。
会议主办方不懂事,吝啬
我辗转反侧,盯着对面那张空床

那个室友
她终于深夜回来
重手重脚地关门,关灯
呼啦一声扯开被子
关住自己
然后,我听见她哭了起来

我醒着
利利亮亮地醒着
在黑夜里睁着眼睛
听着她的哭泣
知道她也在黑暗中

可我丝毫也不想去安慰她

不想给她拥抱

不想递给她毛巾

不想温柔体贴地抚慰她的伤痛

明天还要开会

我也很累

再说我知道那一切不过是隔靴搔痒

除了增加彼此的厌弃

没有丝毫意义


于是在她的哭泣声中

我开始数绵羊

开始琢磨某个心仪的男人

开始想念姐姐做的水煎包

开始计算今年的绩效工资

…………

然后我坚硬地睡着了

一觉到清晨


我起床时,她也伸了个懒腰:

"早上好啊。"

"早上好。"

我们交换微笑

都很体面

# 面　积

饱食的午后

外面下着细雨

一群人,坐在一起

谈论诗歌

忠贞,深沉,高贵,优雅

经验,虚实,意象,姿态

……词汇纷纷消逝在空气中

各种迂腐的陈旧的精致的逢迎

都让我泛起微微的恶心


地板闪着白痴般的光芒

我便想起老家姨妈的房子

她昨天打电话来

说今天请人去铺地板砖

我想着那房子的模样

开始根据地板砖的尺寸

默默地计算会议室的面积

算了一遍,又一遍

# 晚　宴

那么多人,盛大的饕餮

像乡村的红白喜事

熙熙攘攘,推杯换盏

突然,有人跳出来主持

让大家朗诵诗

有人热烈应和

于是,麦克风被灌成了一个贪杯者

一轮又一轮


更多人不甘寂寞

也终有甘于寂寞的人

他们不敬酒

也不被人敬

只是默默地坐着

和盘中餐对话


他们让我踏实

我安详地拿起一片馒头

如同黄昏时在家乡的田野

捡起一支芬芳的麦穗

然后,怀着大地的慈悲

原谅了一切恶俗

# 桃　子

我去医院看她

她硬撑着和我谈笑

她是胰腺癌

她的皮肤很黄

像一堆不成形的陈旧的金子


她女儿在一边做作业

母亲在旁边为我削苹果

技法娴熟，不断皮

把苹果递给我之后，

我看见

她在果盘里翻拣了好一会儿

挑出了一个濒临腐烂的桃子

去吃


妈，扔了它。她说

母亲犹豫着住手

吃好的！她说

母亲拿着桃子走向门外

边走边说：很贵的呀

她看着母亲的背影

哭了

# 丧家犬

无论密封得多么严实
我也总是能在恶俗出现的第一秒
闻到气味，然后
控制不住地想要呕吐

别的包装也就算了
最不能忍受的是爱情
可最要命的也是爱情啊
我总是愚蠢至极地被它打动
等到发现真相
再收拾鲜血淋漓的残局

水至清则无鱼
这样的道理我不想遵从
我就想在清水里养鱼
哪怕鱼和我都很快死去

"你以为你干净吗？

如果你不恶俗,又怎知何为恶俗?

所以最好同流合污

就像所有的狗都会吃屎。"

真遗憾

我当不了这样的狗

"那就当丧家犬吧"

好吧,我认命

# 太阳啊

太阳啊,谢谢你晒我的被子
温柔地,热烈地晒我的被子

太阳啊,我把自己洗干净了
请你也好好地晒一晒我吧

# 真　理

去茶馆的路上
收到朋友圈信息：
一个前辈，
他去世了。
我停顿了一下
继续朝茶馆走
我知道
去见约好的人
这就是当下的事

那天晚上的茶点
特别美味
那天晚上的聚会
特别温暖
每一口茶点
每一张笑脸
都让我想起一个词：
有生之年

这是生活的真理：

残忍，可爱。

冷酷，简单。

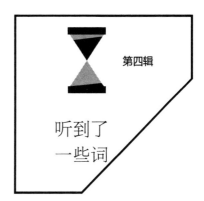

第四辑

听到了
一些词

# 2009 年 5 月，四川（组诗）

## 和一名志愿者闲谈

他的皮肤是浅棕色的
散发着咖啡的光泽和香味
核桃树下，他汗水微淌
看着我们的眼神有些羞涩

听说很多志愿者都写过遗书？
——哦。那是去年的这个时候。
你写了没有？
——写了。
写了什么？
——对不起爸妈，希望他们没有我也能好好生活之类的话。
就这些？
——哦。
那遗书呢？听说地震博物馆在征求这些遗书。
——扔了。

怎么扔了？

——又没有死，留着干吗？

他笑着，看着核桃树上的青翠枝丫。


是的，他没有死

他活得这样好

可我还是想象着他的遗书

那张薄脆的纸，那些朴素的字

比无数的水泥钢筋的承载

还要坚实


## 地震孤儿

那个小小的男孩

他不肯正视我的镜头

一直不肯


和小伙伴们说话时

他的神情天真，欢乐

但一面对我们的镜头

他就变得冷静和骄傲

眼睛里满是倔强和排斥


他讨厌我们

他讨厌我们来打扰他平静的生活

可是,亲爱的孩子

我是如此喜欢你对我们的讨厌

这讨厌让我知道:你不是弱者

你从没有把自己当弱者


最强大的未来,就在你这里

## 在地震遗址前拍婚纱照的情侣


2008年"5·12"邂逅相识

2009年"5·12"预备结婚

婚纱洁白,西服洁白

手套洁白,百合洁白

你们就要结婚了。这多么好

没有比这更好的事情了

我一定要祝福你们

如同祝福我自己


其实,震源深处的如雷地声

是一门前所未有的结婚礼炮

从它响起的那一刻

无数的中国人都开始结婚:

——让痛苦和幸福结婚

——让悲伤和欢乐结婚

——让灾难和坚强结婚

——让泪水和笑容结婚


每个人都在结婚

这是一个浩大的婚礼

每个人都是新郎和新娘

每个人都在诞生一个小小的孩子:

——迟钝诞生敏感

——麻木诞生激情

——猖獗诞生敬畏

——卑微诞生尊严

——吝啬诞生无私

——残酷诞生泪水

——轻浮诞生厚重

——弱小诞生强大


天做证

地为媒

所有人结婚的对象

都是自己的内心


## 玲珑的版图


突然间,我看见了河南

新乡,驻马店,焦作,信阳……

——都是河南

我亲亲的河南


我把脸贴近这些名字

这些沾着雨水和灰尘的名字

这些涂写在板房外墙上的凉滑的名字

到我这里,成了一团火


火不止一簇:

上海——都江堰

北京——什邡

福建——彭州

还有山东,江苏,浙江,广东,澳门……

这些名字紧紧地贴在一起

拼出了一张玲珑的版图:

瞬间,

你可以从香港穿行到天津

从江南移步到东北

抬眼一看就是一个地方

随便一走就是一个省份


在四川,以援建者的名义

这些地方呈现出前所未有的温暖和亲密

到最后我的记忆也有些恍惚

干脆把它们都简化成了两个字:

中国。

## 北川的雏菊

北川不只是废墟
它还有雏菊

在断裂的道路罅隙
在绝望的瓦砾堆下
在歪倒的房基旁边
在堰塞湖的倒影里
我都看见了你
——雏菊

金色的雏菊
太阳般的雏菊
你们的唇在唱着什么样的歌谣？
你们的蕊在写着什么样的诗句？

只有风声
只有沉默

——不，我不相信
我不相信它什么都不说
这最简单最神奇的花朵

一定还会告诉我别的。

废墟上,还有别的花朵:
康乃馨,勿忘我,玫瑰,百合……
——但那不是花,只是花束
只是寄托哀思的花束
真正的花,只有雏菊
只有你啊雏菊
你这有根的花
开在这惨烈的土地!

终于,我听见了
你说:
我带着亲人们的躯体开放
我带着亲人们的灵魂清香
我身上有最强烈的光芒
黑色的灾难从此就被镀亮!

北川的雏菊啊,我听懂了
那么请允许我告诉所有的人:
北川不只是废墟
它还有雏菊
它是这碎城之光!
这光将成为我们手中的利器,
战胜所有的悲伤!

## 嘉陵江之夜

嘉陵江,这个凌晨,

在你身边,我无法入睡

睡不过是死的形式

正如凌晨是黑夜的形式

黄昏是白天的形式

所有人的钟表都是时间的形式

我对所有逝者的安静怀念

是怀念我自己的形式


被人生的火焰炙烤

我们所有人的骨灰都应该混在一起的

我们所有人,内容难分彼此

个、十、百、千、万,或者小数点后面的小数,

甚或是负数

是我们所有的人

而地震,将命运归同

我知道不过是一种浩大的形式


感谢你,嘉陵江

你用上帝一样的姿势

把水

把宽的窄的清的浊的刚的柔的喧闹的沉静的水

融到一起,顺流而下

去吧,灵魂之水
到低处去,到大海里去
正如从高处来,从天空和雪峰里来
我坚信一切必将重现
所有的消失如同所有的存在
都很短暂
生死都是一个看似漫长的循环

突然,我感觉到了爱
水一样的爱
从泉水、溪水、河水、井水、塘水、江水
到我杯里和眼里的水
这所有的爱

我爱你们。
原来是这样。
原来我是这样爱你们。
从这里到那里,从一物到万物
原来,我是这样地爱。

## 在飞机上

暮色渐渐落下

远处的山峦变暗

近处的仍有余晖

河流正是散漫自在的雏形

出山之后，它就得长大

由孩童，成为成人


在飞机上居高临下

我看着这山河一切

看着，看着，

我就想拥抱它们，亲吻它们

和这世界相遇

可真不容易啊

# 吴堡笔记(组诗)

## 窑　洞

这是我第一次住窑洞
崭新的窑洞,炕很大
应该可以睡四五个人的
两床崭新的蓝白格褥子
罩着雪白的床单
大红缎子棉被,雪白的被里
没有被罩
仔细闻一闻,还有棉花的温暖清香
这是新被子
我似乎看见了新娘羞涩的笑容

床帏子上的画是喜鹊登梅
炕桌上的碟子里是干红枣、南瓜子和小黄瓜
脱鞋上炕
我想象着炕烧起来的时候该有多么滚热

便笑起来

饭后的黄昏,我坐在廊下
对面的山坡,圪梁梁上有一个男人
他蹲在那里,看着我
我也看着他
其实我很想请他唱几句信天游
可是我说不出口

## 枣 树

哪里都能看到枣树
漫山遍野
每一棵枣树都在开花
淡黄色的小花清雅朴素
枣叶比一般的树叶子都要
绿得嫩,绿得浅
如阳光下的少年

他们说,到了雨季
绝大多数的花都会被雨打风吹去
只是枉自开
但怎样的艰难都妨碍不了这些枣树
她们该开花的开花
该结果的结果

山谷里有一座天蓝色的简易小屋

那里住着一位养蜂人

所有的养蜂人都是神秘的

他们有一种巨大的权力：

统治着成千上万的蜜蜂

负责着最卑微最琐屑也最忠贞的甜


这是五月的吴堡

频繁的风雨还没有到来

养蜂人正在和蜜蜂们商量

所有的枣花都在等待


## 黄河二碛


黄河总是那副让人失望的样子

平平的，缓缓的

看起来很好欺负

"什么时候都不能小看黄河

老虎病了也不是猫。"

有人悠悠地说，

"去二碛看看吧。"


到了二碛就知道了：

这只能是黄河的二碛

这必须是黄河的二碛

你以为河面很窄吗

那是你离得远

你以为河很平静吗

那是你离得远

前仆后继的大浪

声嘶力竭的大浪

不屈不挠的大浪

——它们不仅是浪

它们就是河流本身


突然想要把自己扔进去

扔进这条河里

我会顺流而下吗

到河南,到三门峡,到郑州,到花园口

…………

这条河,似乎能把我带回故乡


可是,回不去的

沉重的肉身在沿途会被鱼虾分食

会被那些水库的大坝拦阻

哪怕轻盈成一具白骨

也只能以河床为墓


回不去,回不去

以此为借口

作为一个胆怯之徒

我紧紧地立在地面


## 还是窑洞


所有的窑洞都是母亲

母亲会老

窑洞也会老

那些破败的,空荡无人的窑洞啊

她们死了

她们的孩子们

都在远方


那个早晨

我抚摸了一下黄土

你以为黄土很疏松吗

它很硬,有着石头的质地

当然,它也很软

软得像母亲的子宫


## 石城里的月季


偌大的石城里

只住着一户人家

老两口

访客和他们热热闹闹地寒暄着

我不想和他们说话

——没什么好说的

寒暄之类的,还是免了吧


院子里有很多瓦罐

我掀开每一个的盖子

每一个都盛着水

还有一个地窖

我掀开它的盖子

里面也是水

我微微地放了心


他们和窑洞合影

和木门上的雕花合影

和红辣椒串合影

和玉米辫子合影

我拍下了一株正在开花的月季

她只开了一朵

粉红色,千层瓣

鲜艳欲滴,寂寞无比

## 坡上的人

整片的田野绝对是一种奢侈
小片的坡地是一种日常
人们以日常的形式
种植着日常的玉米

一个男人,在锄地
看不清他的面容
"伟大的农民,勤劳的农民"
车厢里有人赞颂
有人举起了相机

如果我留下来
和他一起锄地……
想象力知趣地困乏了下去
我扭过头,假装去读短信

# 听到了一些词（组诗）

## 日新月异

我不知道该向谁请求
也不知道谁会听到我的请求
但我依然要请求
诚恳地请求

请慢一些
再慢一些
请不要那么快
不要那么日新月异
日新月异这样的词
会很容易让我们找不到
回家的路

**翻天覆地**

"这里发生了翻天覆地的变化。"
不，请不要这么说
请不要用这样轻浮的言辞
来谈论天，和地

天，永远是那个天
地，永远是那个地
天地之间的那个人
永远是那个人
天地之间的万物
永远是那些万物
从来都没有什么能够翻天覆地
天，和地
这两样最庞大的存在
永远都是安稳的
这，多么好

你想过吗？
一旦翻天覆地
一切就都颠倒了
我们的脑袋就变成了脚
你愿意那样吗？

当然,我知道你是拿来比喻
但是,请不要这样比喻
请不要用天,和地
这样比喻

## 旧的那些

请多留下一些旧的吧
旧房子
旧渔村
旧街道
旧照片
所有,旧的那些
只要把欲望稍稍收敛
你就会发现:
它们并不占太多的地方

我相信,总有一天
人们会知道
新可以随时有
但旧不是
而正是旧的绳子上
一疙瘩一疙瘩地系着
我们的历史、根基和背景

由此，我们避免成为来历不明的人

所以，请多留下一些旧的吧
如同留下我们走过的足迹
如同留下祖母的呼吸

## 很　想

著名饮料品牌印象馆
国际生物医药联合研究院
临港经济区
太平洋国际集装箱码头
邮轮母港
动漫产业园
…………
是的，我知道这些地方都很好
但是，我还是很想看那些有打折菜卖的菜市场
那些买一斤西红柿就送一根葱的菜市场
还是很想看那些卖廉价服装的小店
一百块可以买一身的那种小店
还有羊肉串摊子，凉皮摊子
还有唱太平歌词的老人

在这个崭崭新的新区，只有看到他们
我的心才不会变得很慌

所以，我很想很想看到他们

很想很想


## 隧　道


这一条路上

隧道密集

连续的黑暗是一部啰唆的电视剧

一闪而过的天空

是片头或者片尾曲


两种光也很不一样

一闪而过的强烈阳光

短暂，犀利

如自然生长又穷途末路的爱情

相比之下

车厢里的孱弱灯光

漫长，绝望

如签了合同的婚姻或友谊

# 山丹丹（组诗）
——陕西延长石油采风纪略

## 第一口

"1905

中国陆地上第一口油井"

——第一口

我喜欢这个定语

由此

第一口气息

潜藏在大地深处的肺叶被震颤激活

第一口温暖

黑色和金色的阳光在原野上相遇

熠熠生辉


第一口

——这个仪式感极强的定语

油井

——这个仪式感极强的设置

这才是石油和陕北最正规的序曲
与此相比
石油在这块土地上之前的多次出场
都显得潦草


第一口
这是中国石油的初夜
从此，爱情开始肆意绽放
酸甜苦辣
婚姻开始绵延繁茂
生儿育女


# 工　衣


穿上这深蓝色的工衣
戴上鲜黄的安全帽
走进延安石油化工厂
我成了一个工人
洁净得不沾一点儿污迹
甚至还有棱角分明的崭新折痕
工衣上的这一切，都印证着
我是一个明目张胆的伪装者


随时都会碰到穿着工衣的兄弟
他们的眼神有些好奇

一定是因为我身上的工衣吧

——这工衣穿在这个女人身上

是如此陌生,丑陋,疏离

僵硬,滑稽,不合体

没有他们和工衣之间合二为一的亲密

也永远不可能抵达那样的亲密


还回工衣的时候

我动作轻柔,满怀歉疚

我知道,这工衣是他们的第二层皮肤

我必须小心翼翼


## 听夏坚德说


聚丙烯包装车间里

噪声很大

震耳欲聋

和夏坚德走出门时

我长长地舒了一口气

此时,夏坚德说:

"我年轻时,也当过工人

那时我二十多岁

就在这样的车间里

噪声也很大。

其实,

也挺好的。"

在我的沉默中,她继续说:
"我一边工作一边歌唱
放开喉咙
用最大的声音歌唱
人们只能看到我变幻的口型
谁也听不见我的声音
我唱得尽情尽兴
我还背诵诗歌和小说
背得也尽情尽兴。"

可爱的夏坚德,她最后说:
"离开工厂之后,
我的喉咙在大庭广众之下
再也没有那样疯狂地
失控。"

## 在工厂散步

我散步在这管道的丛林里
看不懂任何一个标记和数字
这些蓝色的管道
在寒风中,
如同裸呈的血管

风声很大

这是巨人的呼吸

那些平静的办公室

是它的心脏吗？


一切都意味着恒常的秩序

岁岁年年，每月每天

工厂外的红尘变幻莫测

而这些蓝色的血管

让我感知着最珍贵的

稳定和安全

## 山丹丹

这泼皮、坚韧、朴素

随处可见的花朵

作为延长石油的标识

我觉得非常合适


山丹丹，这小小的花朵

她是陕北的少女

河川、田野、坡沟

她开啊，开啊，开啊，开啊

又甜，又艳

是情,是爱

她也叫红百合,也叫马兰花
在南方,她的名字是红杜鹃
无论生长在哪里,她的本质都是如此:
春花秋药,性平味甘
用之则润肺止咳,心清神安

# 南瑶湾村行纪(组诗)

(2016 年 8 月 12 日,随第二届杜甫文学奖的评委和获奖作家去位于巩义南瑶湾村的杜甫故里采风,一路上大汗淋漓。)

## 雕　像

南瑶湾这个名字的品质
应当是温暖和清凉的
在盛夏此时
它酷热难当
我一步一步走着
打着遮阳伞
仍然大汗淋漓

甬道漫长
草坪浓绿
杜甫的雕像高大巍峨
听村里的街坊们笑着议论
他其实很瘦小

但此时
他必须高大
他确实高大
因为这雕像
不是在模拟他的身体
这是他诗歌的骨骼和肌肉

在他的雕像下
大汗忽落

## 重　温

"岱宗夫如何？齐鲁青未了。
造化钟神秀,阴阳割昏晓。"

"露从今夜白,月是故乡明。
有弟皆分散,无家问死生。"

"国破山河在,城春草木深。
感时花溅泪,恨别鸟惊心。"

"细草微风岸,危樯独夜舟。
星垂平野阔,月涌大江流。"

"朱门酒肉臭,路有冻死骨。

荣枯咫尺异,惆怅难再述。"


…………


已经很久没有读他的诗了

重温每一首,都让我汗如雨下


## 诞生窑


这里没有他的雕像

在逼仄的窑洞里,

他还原成最平凡的婴儿


这杜家的窑洞

是南瑶湾村最简陋的窑洞

是笔架山下最寻常的窑洞


"如果他晚年不那么穷的话……"

——听着这些轻浮的议论

我在凉爽的窑洞里又汗出如浆


戴着诗歌的金冠

这个穷人

已经富裕了一千多年

他还将继续富裕下去
和他相比，
我们都是赤贫

## 杜　枣

诞生于窑前的院子里
枣树都已经结了枣

青润,稠密,饱满
它们在阳光中安静地垂挂

微微的暖,淡淡的凉
还有一丝隐约的甜甜的芳香

这杜甫家的枣啊,据说
只需要实实在在地吃进去
一颗
就会很饱

## 蓝　天

已经很久没有见过
这样的蓝天了,简直就是

自然恩赐的最刻意的礼物

深情得毫无伤悲
富裕得一无所有
渴望得没心没肺

干净,寥廓
像最年轻时的爱情
和最符合想象的人生

# 汉长安散句（组诗）

## 瓦 见

我想象,自己是未央宫

被覆在最下面的

那片瓦

对宫殿里的一切

都耳聪目明

沾染过长乐宫里的淡淡灰尘

浸润过椒房殿里的淡淡芳香

见过陈阿娇,卫子夫,王夫人

也见过卫青,霍去病,司马迁

更见识过那些未央宫的主人

那些既幸运又孤独

既强大又孱弱的

主人

他们的狂欢和剧痛

呻吟和叹息

后来我才明白

在未央宫外

夜晚是夜晚

白天是白天

而在未央宫内

夜晚是夜晚

白天也是夜晚


## 未　央


夜如何其？

夜未央


长乐未央

权势未央

征战未央

情义未央

…………

以未央之名

来祝福或者诅咒这一切吧

既然未央意味的

是无边无比的漫长


比起富丽的宫殿

也许还是做土地更好

土地上的一切都将过去

而土地

它才是真正的未央


## 大刘寨村的花馍


据说在大刘寨村

家家都有用来做花馍的瓦当

"汉并天下"

"千秋万岁"

"长生无极"

…………

我很想吃一口这种

瓦当一样的花馍

我知道

这花馍里一定有着

麦子的清香

和花朵的悲伤


## 抄　录


汉长安，上林苑

满山遍野都是诗

《西京杂记》记载——

李十五：

紫李、绿李、朱李、黄李、青绮李、青房李、同心李、车下李、含枝李、金枝李、颜渊李、羌李、燕李、蛮李、侯李

梨十：

紫梨、青梨、芳梨、大谷梨、细叶梨

缥叶梨、金叶梨、瀚海梨、东王梨、紫条梨

枣七：

弱枝枣、玉门枣、棠枣、青华枣、樗枣、赤心枣、西王枣

棠四：

赤棠、白棠、青棠、沙棠

桐三：

椅桐、梧桐、荆桐

杏二：

文杏、蓬莱杏

…………

这些诗，它们自己写着自己

我只是偶尔看到

把它们抄录了下来


## 韩信的头颅

那年九月十三

萧何引韩信入宫

吕后让宫人陈仓执剑

砍下了韩信的头颅

然后

鲜血喷涌如泉

韩信的头颅腾空而起——


飞过宫阙,飞向东方

落到了十里之外的大地

这块土地,从此只长红草

人们称为"韩信滩"


韩信的头颅又滚过灞河,浐河

将河水拦腰斩断

有两个村落因此得名:

上水腰村,下水腰村


韩信的头颅继续向东

所过之处,皆成火海

他一连烧了十三个村庄

才在龙王庙村的西北角停下

他的头颅就被埋在了那里

冢上长了一棵皂角树

人们说,这棵树就是韩信的帅盔

谁捡了冢上的柴

家里就会着火


这个故事

也点燃了我心里的一簇火

旺旺地,辣辣地

烧着,疼着

## 一把脉气

传说,某一天

长安城里来了个道士

他四处散布消息

让人们喂饱牲口

说神仙半夜要用


星垂平野,大河入梦

人们恍惚间听了一夜车水马龙

黎明到来的时候

所有的牲口都大汗淋漓

长安城的城墙,只剩下了短短一处

其余的,都倒了

"脉气"被神仙搬到了开封

而在遥远的开封

就是有一处短短的城墙

怎么也建不起来

一直缺着,

如一个小小牙缝

"长安城夜走汴梁"

这只是一个传说

可很少有传说能如此残酷且聪明

用一把脉气

牵连且窒息着两座古城


## 留　言


"千古帝业唯余此，

贾谊过秦谁过汉？

冯毅

2014 年 8 月 24 日"


这既沧桑又天真的留言

让我微笑，

且有兴致回答：

"写着汉字，

说着汉语，

作为汉女，

喜欢汉子……

——谁爱过汉谁过汉

我这一生在汉中。"

# 国殇墓园（组诗）

## 抗战纪念博物馆

入馆口的大厅
1303 顶钢盔站在墙上
等着我们
寒光凛凛

历史是冷的
历史的冷，是热血凝结的冷

这些没有头颅的头盔
空空荡荡
可是隔着这么多年光阴
它又是无限地满
我被撑得透不过气来

展馆的最后一个展柜

是一把钥匙
据说这把钥匙，
锁的是日军军火库


## 远征军名录墙


灰白的底是你们的骨灰吧
宝蓝色的名字是海和天


"一定要拍上那两个字"
来自曲靖的窦红宇在帮我拍照的时候
我指着"铭记"，说
我怕我忘了
我知道有太多人已经忘了


窦红宇还让我把脸靠近那些名字
"近些，再近些。"
我感受到了墙的冰冷
可这冰冷里有一种奇异的吸引力
让我倾斜过去


唐清泉，陶若珍，童仲谦
钱海清，秦子周，胡冬生
李东才，梁国修，刘德义
贺民福，郭小吉，宋公侠

…………

——我靠近着他们的名字
宛如靠近着我的亲人
谁知道呢？我的祖父
六十多年前，也是战死沙场

## 小团坡

小团坡是由抗战烈士的墓碑
堆起来的

我向上走的时候
很小心

天很晴朗，白云很低
小团坡很矮

我慢慢地走着
不敢大声呼吸

"由此上山"的标识下方
是一只和平鸽

## 鞠 躬

我们对着头盔鞠躬
我们对着名录墙鞠躬
我们对着墓碑鞠躬
我们对着这些沉默的空气
一次又一次地鞠躬

"江山如此多娇
引无数英雄竞折腰"
我们这些脑满肠肥的人
能做的,也只是鞠躬
让粗笨的腰尽力地折上片刻

## 小 兵

那个娃娃兵
我忘记了他的姓名
我只知道他是个孩子

他站在那里笑
笑得真灿烂啊
把我的心都笑碎了

## 慰安妇

金泰贵……
李良子……
郑道昭……
姜爱子……
我只能用省略号,来省略
她们的履历

她们的扇子、木屐、和服和阴户按摩器
都在那里静静地沉默
还有她们的雨伞、梳子和钱包
也都在那里静静地沉默

我不知道该说什么好

## 一枚子弹

在松山
在那座简陋的抗战阵亡将士公墓前
一个女孩在那里卖子弹
锈迹斑斑的子弹
"这是什么子弹?"
"七九步枪的子弹,汉阳造。知道吧?"

"多少钱?"

"五块。"


这枚子弹,当年呼啸而来

冲着一群肉体

冲着他们的眼睛、鼻子、大腿

和五脏六腑

还有他们的父母、妻子、恋人和孩子

现在,它安静地躺在那个女孩手里

淡定乖巧地奉献着剩余价值:

"五块。"


## 疯子们


黄尧,滇西抗战纪念馆策划人

一个胸怀滇西抗战所有细节的疯子

段瑞秋,《女殇》作者

一个多年来不惜精力和金钱自觉采访慰安妇的疯子

段生馗,滇西抗战纪念馆馆长

一个多年来一直收藏战争遗物的疯子

这个疯子,有人问他:"你觉得你是在进行仇视教育吗?"

他答:

"仇恨应该化解,

但是记忆必须永远保存下去。"

有这些可爱的疯子在

那些死去的人也才能够活着

# 根河的事物（组诗）

## 鸢 尾

像一棵微型的树
你笔直地站在那里
都说鸢尾是会唱歌的
你会唱歌吗？
你唱的歌是不是蓝色？

我弯下腰，去倾听你的歌声
却没有听到
是我的耳朵不清洁吗？
我用矿泉水洗耳
仍然听不到
是水有问题吗？
我用离你最近的河水洗耳
仍然听不到

不再倾听

我知道是我有问题

我的耳朵长了这么多年

带来了太多的污垢和灰尘

它不配听到你的歌声

## 白　桦

有些树,松树,柏树

生下来就老了

有些树,比如你

一辈子都在青春


夏天的你碧叶葱茏

秋天的你满身都是黄金般的阳光

冬天的你在霜雪中

用纯净的静默观照这个世界


看见你,就觉得自己

也还年轻

就想在你的怀抱里

再爱一次

## 黄罂粟

罂粟是药,也是毒
这些,谁不知道呢?
可是你,一点儿也没有毒的样子
也没有药的样子
只是一朵花的样子
只是站在那里
长茎上的纤细茸毛晶亮剔透
你朝我微笑,羞涩如少女

你就是一朵花
药是人
毒也是人
和你没有一点儿关系
你,就是一朵花

## 野玫瑰

这些单瓣的玫瑰
看起来乖巧,孱弱
一点儿也不野
甚至不够艳丽

她们的花,她们的蕊

她们的叶子,她们的微笑

我一张张地拍着她们

这野玫瑰

没人修枝打杈

只是独自开放

但她一脸幸福


天为父,地为母

和风缠绵,和雨相思

并在蝴蝶蜜蜂的帮助下

让放肆的芳香溜到树的顶端

和那些明亮的叶片

一次次地出轨


如果我是她

一定也会觉得很幸福


## 白芍药


那个老人,指着我的相机

"去拍白芍药吧,"

她说,"好看。"


我在豫北的乡下老家

曾经也种有白芍药

那里的白芍药丰腴,硕大

和这里的

一点儿也不同

这里的白芍药

娇小玲珑,简单干净


可我知道

这是最原始的白芍药

这是白芍药儿时的样子

从未改变

就像走进城市前

我在豫北乡下老家的样子

娇小玲珑,简单干净


当然,这一切

都极易夭折


## 去森林深处的路上，全程遇见蝴蝶


你们从哪里来?

——从生命来

到哪里去?

——到死亡去

你们为什么要在这条路上？

——散步

多么容易撞到我们的车啊

——不是我们撞车

是车撞我们

我们只是在慢慢地飞

慢慢地舞

你们的车要是也和我们一样慢

就好了


对不起,蝴蝶

——原谅你们

再见,蝴蝶

——不,还是不要再见


## 驯　鹿


看见了驯鹿才知道：

原来,我是鄂温克人

文学是茫茫森林

我在其中游弋,打猎

要成为一个好猎手

我要勤勉,要诚恳

要勇敢,要聪慧

要宽广,要慈悲

要顺其自然

要心怀敬畏

驯鹿啊,那你是什么呢?

你是小说,是散文

或者就是此刻正在绵延的诗歌

可以载上我全部的家当

在任何时候陪我启程

并为我贡献出珍贵的鹿茸、鹿角

以及新鲜血肉

而你自己的食物

只是最朴素的苔藓

和一些盐粒


## 雪


我不曾看见你

但我知道

你存在着

以四分之三的时间

占据着这里的岁月

以百分之百的面积

占据着这里的一切


这里的河,草,树

动物的皮毛，炕的铺设

房顶的烟囱，奶茶的成色

……无论冬夏，统统是你

全部，是你


我没有看见你

我处处看见你

你在这里，就是空气

没有你，所有的人都会窒息


## 婆婆丁


来到这里，我才知道：

婆婆丁就是蒲公英

蒲公英就是婆婆丁

这两个名称

一个是白头的祖母

一个是垂髫的儿童


那么，不如这样：

开花时就叫她蒲公英

花开过就叫她婆婆丁


在这辽阔草原

我摘下一朵蒲公英

乘着一阵悠长的风

就飞回了中原

那里

人烟稠密,人性稠密

战争稠密,苦难稠密

村落稠密,庄稼稠密

历史稠密,悲伤稠密

……

那里也有蒲公英,和婆婆丁


蒲公英的白头啊

在草原上似乎是因为太脱俗

而到了中原

似乎是因为太疼痛


## 冷极村的月亮


天还没有黑

月亮就到了

在山坡顶上

在森林尖上

这是冷极村的月亮

很大,橙红,橙黄


小女孩伸开双臂

把月亮放在掌上
她又张开小嘴
一口噙住了月亮

真是奇怪啊
月亮到了这里
就变了个模样
——在别的地方
都是人们歌唱月亮
在这里
却是月亮自己在歌唱

真的,这冷极村的月亮
她只是自己
清清爽爽
自由自在地
歌唱

# 冬日花木园(三首)

## 梅

此时,室外
所有的花都是裸体
只有梅
花瓣为衣

我忽然觉得
她的坚强
像一场戏

## 银杏苗

在冷风中
这些银杏苗
死死地站在土里
像一根根,铁条

无数次,我见过它们长大后的样子
它们的父辈,祖辈,曾祖辈……八辈祖宗的样子
这种子植物中最古老的孑遗植物
秋天,金色的叶片从来都没有变
白果,公孙树,鸭脚树,蒲扇
黄叶银杏,塔状银杏,裂银杏,垂枝银杏,斑叶银杏
无论什么名字
它们的金色叶片,都没有变

此时,这些光秃秃的小苗
这一根根的铁条
据开花木园的朋友说
它们的身上刷满了特制胶
胶将陪伴它们一年
之后,胶将自然脱落
对树没有任何损害
因为胶的厚度
这些按直径估价的银杏
平均将多赚两千

我看着朋友喜滋滋的笑脸
他的可爱就在于他的坦白

# 苔 藓

花木生长在一个盆里一年以上
这个盆,叫熟盆
一天以上一年以下
叫生盆
熟盆和生盆的标志
就是有没有苔藓
开花木园的朋友说

你满屋熟盆!
我指着他温室里的所有盆
他笑起来
所有的朋友都笑起来
这些苔藓都是买来的
二十块,买这么大一片
朋友把胳膊撑圆:
你的,明白?

我蹲下
摸着那些苔藓
娇嫩的,细腻的,柔软的苔藓
这世界,我明白
什么都可以买卖

这世界,我永远也不明白

为什么什么都可以买卖

你真是一个……生盆。

朋友说

# 阿里（组诗）

## 这　里

一切都是赤裸裸的

最蓝的天

最白的云

最清的湖

最黝黑的皮肤

最干净的眼神

最辽阔的荒凉

最险峻的海拔


还有，最纯真的山

——过这一座时

正在下雨

到那一座时

它已经披了一层

浅浅的绿

## 旗云的姿势

一片巨大的旗云
正缓缓地向那排雪山靠近
既气度雍容
又漫不经心

身为喜马拉雅山上的旗云
正该如此
它们知道自己都是
云里的权贵

## 标　配

如果阿里的海拔降低一千米
——不，请不要这样想
它不可能降低一千米
所以它才是阿里
它一定会赐予你难忘的高反
所以它才是阿里

知道吗
高反
这是阿里的标配

也是阿里的武器

因了它

阿里才能够如此壮丽


如果爱阿里

请先付出高反的诚意


# 氧　气


在阿里，我第一次意识到了

氧气

第一次明白：

活着意味着呼吸

呼吸意味着

氧气

第一次知道：

人争一口气

这口气就是

氧气

第一次悟出：

气质的气一定是

氧气

生气的气一定不是

氧气

## 他 们

这些可爱的藏族人
心中有那么多神山圣湖
他们从不在圣湖上行船
也从不登顶神山

他们只是
转山
转湖
一年年地转
一圈圈地转

像孩子围绕着母亲
也像母亲围绕着孩子
作为有中心的人
他们是幸福的

## 自己的限度

五年前
我第一次来西藏
恬不知耻地认定
自己是它的孩子

前生今世都流着它的血

应该在这里

长长,久久


这一次,我不得不认命:

它再好

也不是故乡

我只能和它谈个恋爱

没有资格和它结婚

——准确地说

只能对它单相思一场


这里的海拔

让我无比清醒地明白了

自己的限度

在一百米之下


## 哥　哥


哥哥,带我回高原吧

在安宁辽阔的高原

只有大山,只有草地,只有蓝天

只有默默开放的花朵

偶然会有放牧的人慢慢走过

唱着古老的歌

我所要的,只有这么多

哥哥,把我当成一个男人,或者妹妹
或者一件会呼吸的行李
带我回高原吧
如你所说:
走不动的时候,就躺下来睡觉
睡醒的时候,就抬起头看星星
下雨的时候,就在帐篷里听雨声

哥哥,亲爱的哥哥
你真的是我的哥哥
你是高原之子
我其实是高原的私生女
因为某种原因
我被抛弃在异地太久了

所以,哥哥
请带我回高原吧
不是旅行,不是探险,甚至也不是好奇
我只是想跟着我亲爱的哥哥
沿着最舒服的道路回去
认祖归宗

# 从云南到河南(组诗)

## 我知道

我知道
这个地方
离神很近
很近,很近
所以,干净。
所以,来到这里
我要
深深呼吸
大声歌唱
我要
身体清洁
眼睛明亮。
我要
努力让自己成为一个
婴儿。

## 云南的阳光

云南的阳光
像最热烈的爱情
热烈到一定程度
就是简单

最纯粹的酒,最深的颜色
最高的天,最白的雪
最好的我,以及最好的你
还有,最好的爱情

在爱情里,看到所有一切
我都会想到你
世界等于爱情
爱情等于你

## 云南的花朵

云南的荷尔蒙分泌得
不是一般的旺盛
在云南
花朵就是要拼命生殖
雄性就是要拼命播种

所有的交欢都那么疯狂

同时也是那么澄明


云南的花朵啊

可爱的女人们

我的同类

请把你们艳丽的荷尔蒙传染给我

请把你们强悍的爱情传染给我

等我坐上返程的航班

我将不发一言

把熊熊大火带回中原

然后,灼热盛开


## 从云南到河南


彩云之南

大河之南

一个以天上的事物为名

一个以地上的事物为名

气质因此天悬地隔


平原老实的麦子

高原秀气的水稻

郑州筋道的烩面

腾冲柔韧的饵丝

就连山也是不一样的

河南的山是父亲

而在云南,山是母亲


从云南到河南

又从河南到云南

作为孩子

我在他们中间荡着秋千


## 那些地名


轿子雪山

——雪山像轿子一样吧

永德大雪山

——到底有多大呢

比轿子大很多吧

大雪山

——一定是非常大非常大的雪山吧

而且大得非常可爱

鸡飞温泉

——应该有个狗跳来搭吧

黎明

——那里的窗纸永远都是青白色吧

巧家

——有很多漂亮的小媳妇在洗衣做饭吧

还有那些甸：

巨甸,施甸,鲁甸,七甸,沙甸,行甸,倘甸

············

我已经在这些地名里躺了下来

醺醺欲醉

昏昏欲睡

# 2016 年 8 月，和平里

2016 年 8 月的和平里

烈日黄昏，街道闷热

我走着，如行色匆匆的下班的人

馄饨侯，吴裕泰，煤炭大厦，庆丰包子

青年沟，兴化路，地坛北里，还有那些树

它们依然在原地，没有老

我已老了十六年

却也不觉得自己老


汗水浸透前胸后背

地摊儿纷纷绽放如花朵

年轻的母亲对身边的男人说：

"宝宝的牙龈已经硬了

快出牙了。"

我摸摸自己的牙

就在去年，我拔掉了两颗智齿


和平里，我曾在这里住过一年

我不爱它

我不爱北京

我只爱某些北京人

比如和我同住过的那个东北女孩

比如史铁生


走在这和平里

我还想,会不会和一个人邂逅

他喜欢慢条斯理地喝酒

一喝就喝很久

有一次大醉,他哭了起来


今天北京的空气质量是良

我走了又走,直至筋疲力尽

坐在路边看着人们来来去去

在某个卑微的意义上

我和他们都是知己

# 在万佛山中交付自己（四首）

## 在万佛山中交付自己

来到这里

我就将主权放弃

把自己

交付了出去

交付给粉答答的杜鹃

交付给红滴滴的山茶

交付给白雪雪的油桐花

交付给所有不知名的树木和藤蔓

以及四月的山路和雨水

初春的微风和云霓

万佛山

你是否觉得我的神情愚昧

你是否觉得我的脚步愚蠢

不管那么多了

我就是要把自己交付给你

请你来打理

这一具污浊已久的肉身

请你来处置

这一颗欲望太盛的心体

我就是要心甘情愿地在这里

彻底失去自己

和找到自己


万佛山里的一万尊佛啊

我等待着,任何一尊

将这种慈悲赐予


## 在这山中,我不想说话


在这山中,我不想说话

只想行走,倾听

——欢悦的鸟鸣

比中原的同类秀气得多的蛙声

雨势随着风势

一会儿温柔,一会儿凶猛

溪流哗哗波动

聚在某个小湖时,又静如禅定

在这山中,我不想说话

我默默行走

也默默倾听

偶尔我会在青石上坐下

把自己想象成一朵硕大的花

在等待另一朵花同行


## 在山顶


万佛山充满了寓言——

越在山下

看到的东西越多

走得越高

看到的就越少


这就是山顶

一片好大的白茫茫

高处不胜寒

原来高处也不胜白


万佛朝宗

我来朝圣

云雾升腾

如仙似梦

多么好

闭上眼睛，我能看到繁华盛景

睁开眼睛，我能了悟万物皆空


## 采访野鸢尾


你是蓝色还是紫色？

——归类颜色有什么要紧

只要好看


你长在这里很艰难吧？

有人说，你的命运很脆弱

悬崖上的那一点儿水土随时会失散

——他们真是不明白

既然那一点儿随时会失散的水土

都能让我开得这么灿烂

那我必然还会在这里灿烂下去

千年，万年


那一点儿随时会失散的水土，

为什么会让你开放得那么灿烂？

简直就是一个女人在

没心没肺地热恋

——你说对了

就是一个女人

在没心没肺地热恋

你的恋人是谁呢？

——每一个春天

# 桑间濮上（三首）

## 濮上园

青翠幽深的丛林
提供给肺腑甜美的呼吸
祥和阔大的水面
纵容着眼睛畅快地徜徉
在这园子里待久了
就会忘记时间
就会忘了这是在濮阳
就会以为这是在故乡

先化身为一只蚕
卧在这桑间
慢慢长大
长出翅膀
成为一只蛾
飞翔于濮上

此时此刻

这就是我的梦想


## 仓陵草


这些草不是字

并不横平竖直

它们只用两个笔画

写出无数个倒立的人


最初,这些草用来占卜

现在,这些草用来祈福

这些草都是心粮

这些草万寿无疆


## 会盟台


旌旗猎猎,战鼓声声

金戈铁马,戎装待发

……俱往矣

在台基的杂草边

我长长地舒出一口气


有人问:你想上去看看吗

不,我不想

这台看起来并不高
但它其实无限高
我习惯且喜欢待在台下
不累腿,也不累脚

# 我该怎么赞美你

——致濮阳陈庄万亩荷园

我该怎么赞美你

你亭亭如盖的叶

叶上自由滚动的露珠

丝绸一样剔透的花瓣

以最优雅的弧形

围拢成世界上最美的碗

落落大方的蕊

又是什么样的琴

让蜜蜂们来来往往地弹奏歌吟

乳房一样的莲蓬里

甜嫩的白莲子

是有序结晶的乳汁

每吃一口

都能让我回到婴儿期

还有少女一样贞静的花苞

苞上是爱慕她的蜻蜓少年

哦,还有茎

中通外直,不蔓不枝

是最敦厚的兄弟

或者最单纯的情人

——绝不能忘了藕

我的家乡叫她莲菜

她静静地守候在水底的淤泥里

像老家的祖母或者母亲


土地总是养育一切

所以还要以至高的诚意赞美淤泥

归根结底

淤泥是另一种形式的土地

因为它的沉积

光明的荷

她的每个细节都能成为粮食

我们每一个

被荷喂养过的人

都默默地否认着那一声

"出淤泥而不染"

我们每一个

和荷花有关的人

在骨子里

都镌刻着它的印记

广袤的荷园边

以一棵草的身份

我凝视着这一切

该把哪里作为起点来赞美你啊

从一张荷叶

一瓣荷花，一丝荷蕊

还是从一朵莲蓬

一粒莲子，一枝莲茎

或者，我该把这件事情拜托给鱼？

它们一刻不停在水上水下写信

或者，我该把这件事情拜托给风？

它们从日到夜在此岸彼岸穿行


任何言辞都显得潦草轻浮

很惭愧，很抱歉

我实在不知道

该怎么赞美你

只能献出这些

笨拙的散句

# 在高铁站候车, 大雨

## 之一

雨落在高铁站候车厅的明瓦天棚上
如迅疾的马蹄声
一群纵情撒欢的小马
一群奔赴沙场的战马
一群疯狂热恋的野马
都是它们

有雨滴
从某个神秘的缝隙落下
击打在我的手背上
我赶快给他打了个电话:
在哪儿呢
带伞了吗

却原来

大雨只要不下在自己和自己所爱的人身上

就会有一种无耻的美感

## 之二

雨天在屋里,是福利

在雨里有伞打,是经历

被雨淋得透湿

还能笑着奔跑

是体力

将死的人躺在床上

听着窗外的大雨

想起了少年时拉着平板车

车轮陷在了雨地里拔不出来时

青春的哭泣

# 出　差

出差这件事
让我越来越明白——

人生就是一趟漫长的出差
从母亲的子宫出发
进入悲欣交集的旅程
泪水和笑容都是路费
恨和爱都是驿站
某一段是苦差
某一段是美差
在最后的死亡之地
向这个世界交差

是的,不排除有些最可怜的人
他们就在子宫里
活了七八十岁,直到死
从不出差

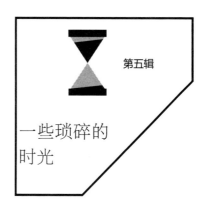

第五辑

一些琐碎的
时光

1993 年,我在《诗刊》首次发表诗作。这么多年过去,现在把那个阶段写的诗作排在一起,居然也有这么多首。它们像是一小片庄稼,虽然长得高高低低不齐不整,却是往昔岁月的宝贵赐予。且收在这里,敝帚自珍。

# 爱情田野（组诗）

## 年　画

呢喃着旧事
如潮的新年赶来
祖母让我张贴年画

把大大的福字倒贴
再——粘住关羽张飞秦琼敬德
麻姑观音嫦娥王母
大红大绿
站满庭院

我看着他们
他们也看着我
有一惊一乍的爆竹声传来

祖母缓缓走过

我与神
都流了泪

## 纸房子

从商店里为孩子买回纸房子
取出里面的巧克力糖果
房子失去了甜蜜的核心
门
黑洞洞地开着

啊,洁白的纸房子
无人居住的纸房子
你为什么
像白蝴蝶一样

有一天
我失去了珍贵的纯正的灵魂
那灵魂如散发清香的巧克力糖果
我的门黑洞洞地开着
如纸房子一样轻浮而寂寞

## 爱情田野

春天到了

该有燕子归来

我的目光穿过所有的秋水

而田野依旧无动于衷地荒凉


束紧长发

疲惫而又辛酸地走过田野

这里长满年轻的祝福

雌蕊 雄蕊 以及风

都在秘密地萌生


坐在田边

以处女特有的姿态

等待我月光与日光融汇的爱情

我比我的爱情更为从容

我比我的爱情更像一场梦


## 秋天的毛衣


刚到春天

你说棉袄过于笨拙

要我为你织一件毛衣


双手以同样的针法连起同样的空隙

那种耐心

如崔莺莺在花园后门的步履

林妹妹烛光中题诗的笔迹
杜十娘投江前颤抖的衣襟

透过阳光
我看见自己简单如露的岁月
几只白蝶梦一样翩翩飞舞

毛衣柔软如水
比心更易碎
缓缓织进阳光目光以及体温
还有我长长的牵绕

棉袄真的有些笨拙吗
比我们当初还笨拙吗
而我为你织毛衣的姿态
比棉袄还要笨拙啊

## 和蜡烛对视

和蜡烛对视总是使我无语惨败
她柔和的目光直刺我的内心
这夜之神女聚集了所有灵光令我黯然失色
这善良而残忍的蜡烛啊

我该是爱人的一支蜡烛

温情地在夜间对他逼视

我的目光将均匀地镀满他宽厚的胸膛

我们的心脏一起激烈地跳动

晚风像裙子一样轻轻

轻轻摇曳


而后我们流出滚烫的泪水和激情

我们舞蹈如橙红的火焰

我们静卧如黑色的烛芯

# 课间操（三首）

## 礼　节

如箭一般齐刷刷地站起来,孩子们
这使我像一个将军
箭头的亮光从你们眼内折射给我
我又成为一名幸福的战俘

我默默地望着你们
你们十分炫目
我不知道自己能告诉你们什么

你们长得很快
也很高
尖尖的嫩角顶着我的双足
让我蹑手蹑脚地在讲台上行走

# 黑 板

黑暗每天都在逼视我们

我们只能永不停息地开掘隧道
作为大人我只能弓身而行
走累的时候就看你们欢笑或者歌唱
看粉笔末飘你们一身洁白的薄雪

请不要举手,可爱的孩子们
当我默默坐着的时候

我是你们的一块清贫而善良的黑板
合适的时候请让我保持得不染纤尘
我们毕生需要面对某些熟透的单纯物质
就像对待每个生字

## 课间操

如水的音乐就要响起
和乐谱一起排好队,孩子们
不要声张
不要惊吓刚会微笑的绿色草坪
阳光和蝴蝶每天都要在这里幽会

然后请舒展你们的肢体

开始一种平凡而简单的飞翔

让我们曾经失去的天空和云彩

在你们这里一天天接近夙愿

你们纯洁而健康的小腿轻捷地跨越我们

伤痕累累的界石

然后去采摘一朵久居高崖落满尘埃的花朵

（花朵的颜色宛若飞天）

为了她许多人坠崖而死或幸存而残

至今她还在诱惑我们无力企及的双手

孩子们,请转身

让你们映满花影的瞳孔在我们身上

稍停片刻

为了她的光芒

我们情愿投掷一生


这土地迫使我们早就开始膜拜蔬菜和稻谷

却忽略了种子

那可爱的饱满的丰盈的种子

在你们的举手投足奔腾跳跃中

孩子啊

我站在队伍的最后

站在蓦然升起又悠然落下的灰尘中

凝视你们

某种幸福和痛苦深入骨髓


由序曲到尾声
善良的音乐自始至终把我们引向圣洁之地
然后你们聚拢
然后你们散开
然后踩过我长长的影子走向教室
我这朴素而沉重的身躯
企图成为生机四溢的丛林中
一面短暂而瘦弱的
旗帜

# 我的机关生活（组诗）

　　女人的生活状态往往会陷于琐屑、细微，甚至庸常。在这样的生活状态中，用心体味和呈现一种不为人知的潜流和情绪，是一种悲哀，也是一种幸福。

## 步行上班

打开煤气炉做好饭

配着五香萝卜条吃了一碗

然后提着紫花小包步行上班


鞋子拍打灰尘

裙子掀起波浪

平淡的生活像床单一样铺展


孩子们上学

小贩们叫卖

油条的颜色十分温暖

不小心撞了车

收回一个浅笑

清晨是枚芬芳的香皂

擦起了第一个薄脆的泡沫

## 打扫卫生

破旧的扫帚重复快乐的舞蹈

我一般情况下唱着歌扫地

淡淡的灰雾如淡淡的纱

把我淹没又把我遮起

然后我用纤秀的手指伸进盆中

在污水中打捞抹布和自己

平朴的桌后坐着一个个沉静的藤椅

我们漠不相关地对视

而后会意

我轻柔地把水洒在地上

轻捷地越过沉默的土地

同事们还没有来

我尽可以像一朵自由的小花

## 我的工作

我是搞新闻报道的
俗话说是抬轿子
轿子挺重　但肩不疼
只是脚步有些虚轻

同事们都很亲切
领导们都很和蔼
我如坐针毡地穿行在言辞的彬彬有礼中
常常无所适从

喝茶　看报　写材料
送稿　发稿　剪贴
这是我的日常工作
其实没我也行

桌下压着张杏花彩照
春天在这里也待得腻烦
有时我和她说一会儿话
再偷偷写下几句诗

## 聊　天

随便在这语言中生长几天
你就会令人刮目相看
这是一项重要的工作内容
没有头儿当然最好

在冬天炉火上坐上一壶水
一圈白薯在火边打瞌睡
没有名利之争的时候我们随便地发发牢骚
评评领导
半真半假地谈谈爱情和生活
这最后的温情密切地维系着我们
使我们像一群纯洁的君子
各怀可爱的鬼胎

有时科长喝多了
也会讲讲他的初恋
这使他退休后我们依然能清晰地回忆着那张
微酡的脸

## 开　会

绝不可以像上学一样搂着传奇小说

我们正襟危坐听部长谈工作
昏昏欲睡 精神紧张
一截截的烟灰谨慎地总结着自己

部长是一袭悠远的古装
有弦无音或有音无弦
我们认真地听他喷珠吐玉
开完会后就嚷着打牌

而我总觉得很累
常常要到水池边洗一把脸
就像要洗掉那些语言
然后伏在办公桌上大睡一场
醒来再去小摊上吃一碗凉面

# 走过三峡(组诗)

## 之一　呈现

江水。雪山的月色和丝质的洁白
至此成为一块朴实的抹布
其间一角缀着的图案
是我。
在高度文明的一等舱里
隔壁的喧声笑语传来

江水的寂寞　江树的寂寞
云的寂寞　天的寂寞
风的寂寞　浪的寂寞
草的寂寞　岸的寂寞
船的寂寞　人的寂寞
我与这一切之间的寂寞
而谁能变为真正的石头
能真正地淹没自己的伪饰

和无边的虚浮的言辞

这个没有季节的春天
爱情也发生荒芜的峡谷
美丽而遥远的江汉平原
朴实得像我最亲爱的长姊
远离亲人的漂泊者在甲板上制造幽默
灯光是唯一可示的光明

眼睛是圣物
心灵是什么
沉积岩在此累叠千仞
有怎样一个惊心动魄的过程

总统间、鸡尾酒会和KTV
一切意象在风景中消失和变种
没有谁呼喊
也没有谁拒绝
最安静的是绝壁上沉默的悬棺
和峡谷深处一棵风吹着的山草

## 之二　进程

黄昏这种悲艳的情境
使整个世界陷入混沌

黑暗中的珍珠只有自己明了意义
就像和自己谈话
还是自己


我的母亲在千里之外的庭院里
星星是一盏盏明亮的扣子
蓝色的大衫孤魂无骨
那是什么呀那是什么呀
深深的峡谷中有一道女人的皱纹
衣襟里裹着一滴老泪


从来不存在绝望
思维的开始就是生命的匿藏
脆弱的心灵也会有梦
风景掠过江面
鞭炮骤然鸣响


谁是今晚三峡的新娘


我只看见自己
看见所有的沟壑和美丽的名词之下
那颗真实的人类的心脏

## 之三　假设

我说爱人

来此定居吧

在水阶边造屋

在石板上淘米

泥土融进肠胃

顺畅地跟着野菜唱山歌

看大大小小的船漠不相关地走过

我们还会向往什么

还知道向往什么

我们是否会快乐一点

黑夜是否会变得短暂

感情是否会变得简单


你那样笑着

说 好 好

纵容和宠溺淹死了我的漂游


我只好继续喝咖啡唱卡拉 OK

承认自己在豪华游船上的虚伪

那一天我睡得很沉

恍惚间觉得江边的白房子

在一块块地跌碎

当然　很快就没事了

总归是人

总归我是山外青山水外水


## 之四　消失


家园平静地收拾行李

自此永在水下沉悬

无人观赏

鱼在深处游动

带来清香的阳光

和单纯的波浪


殊荣难得。心痛已不多

一滴水

千万年还是一滴水

它会逃到哪里呢

被牵动一次

难道就能获得永生


山花烂漫

走过许多季节的春天

亚当和夏娃还在破旧的方舟上做饭

越来越近的神女越来越远

裙子半湿的美人

不过是楚襄王的一辆步辇


干净了。从此至彼的最后目的

没有人领会这终结的胜利

除了越来越脏的水我们还有什么

它的柔媚和威严

已是与世隔绝的宝贝


请求三峡做证

我在这里嫁给了自己

而后收回

诞生

# 五月，与母亲的絮语

母亲，我现在走在六一路的小巷里

在夸张的拼音字母间慢慢踱步

孩子们的服装店在街的左侧

孩子们的欢笑声在街的右侧

我在尘世和天国的夹道中默默穿行

母亲


您那个樟木箱子还在原处

安稳地包裹着你四季的衣裳

您和父亲睡过的那张大铁床

现在常常空着，布满灰尘

我还记得小学五年级暑假的一个夜晚

您为了带我早起去旅游

第一次让长大的我（当然是相对意义上的长大）

睡在了这张床的床尾

我从毛巾被中伸出手

紧紧地握着深蓝色的床栏

在你们双脚的气息和匀称的呼吸声中

我忽然感觉到一种无以言说的踏实和幸福

真的

还有一次您去卖鸡蛋让我做饭可我忘了

您让我跪在地上

用一根很细的藤条慢慢地抽打着我

打着打着我们一齐哭了

我第一次意识到我们的泪水是那么细微

那么亲密　那么不可分割

母亲


那个种满了美人蕉的清雅的小院

安静地盛装着祖母、您和我三代独身女人

每月发过薪水之后

我们都会吃一顿相对丰盛的晚餐

后来我调到了城里谈了恋爱结了婚

每次回家您总是默默地端出一些我爱吃的东西

像待亲戚

您总是那样匆忙地走去走回

很少说话,无论和谁


那个周末的黄昏

我肆无忌惮地和您亲热了许久

您说不早了该睡了

我就很听话地去睡了

忽然有一个声音把我从梦中唤醒

我战栗着从床上逃离

那张床,正是您和父亲的床


在那间阴暗的小医疗所

您望着我,用眼睛来代替僵化的唇

医生脱您衣服时您努力地挣扎着

花白的头发散乱地浮在被外

您守寡多年了 母亲

您早已不习惯接触男人的手

你想解手吗? 我附在您耳边轻轻地问

我忽然看到多年前的那些夜晚

您一定也是这样问我的 母亲


一只鸟孤独地在手术室外的走廊里飞翔

它整整飞了一夜

当早晨的阳光安详地镀满窗棂时

它飞走了

然而我还是不大明白

我问他们:要转院吗?

一车的人都哭了

我把您温热的手贴在脸上

忽然觉得很累很累

母亲 我们回家

每过一个拐角我都对您说:妈妈回家

您一个迷路的孩子

您是否记得每一个拐角都指着家的方向

在您嫁进来我嫁出去的门口
我们停下
您安恬地躺在门帘子后面,像个孩子
许多人在吹吹打打的唢呐声中来看您
您一定不喜欢这么热闹的,母亲
可您总是那么无奈地沉默着
就像面对一切伤害

黄土那么纯净 青草那么润泽
不远处还有一棵鲜绿鲜绿的槐树
您喜欢这里吗,母亲
您一定喜欢的。因为有父亲
我看着您慢慢地沉入泥土
忽然想象不出您的神情和模样
忽然失去了泪水
忽然觉得泪水已经毫无意义

现在奶奶来到了城里
大门上了一把很大的锁
美人蕉也枯了很多
每次回家我都要清扫一大筐落叶
上面有您的脚印吗?
我也常常翻晒您去年给我做的棉衣

那一片留有余温的云

我只有这一片了 母亲


我也开始接近平淡和宽容

常听听乐曲散散步

顽固地写着那些无用的散文和诗歌

我还有一些小小的奢侈

常常偷偷地放纵自己的欲望和泪水

也常常心无城府地大笑着,一派天真


可我暂时还没有要孩子

女人的一生在孩子眼里过于短暂

您那一生就这样被我度过

我的一生也会被我的孩子占有

我怕 母亲

我自私的畏惧甚至胜过了世俗的道理

不过您放心 我不会逃离的

因为您 我绝不会拒绝做母亲的命运

即使我变幻出无数个自己

也一定会留下最好的两个

把最初的一个给您

把最后的一个给生命的原处

# 一些琐碎的时光（组诗）

## 夜的黑

天黑了,孩子
这是夜
它应当黑
我们睡在黑夜里
这是多么自然的事
你看
窗户是青的
那是夜皮肤的光

妈妈是夜的孩子
你是妈妈的孩子
在妈妈的怀抱里
我们都不必睁开眼睛
当然
我们都可以哭泣

## 只有沉默

离开故乡已经很久了
每一条印迹模糊的小路
都分解着她隐约的沉寂和衰老

可我还是要想起
就像想起恍惚爱过的一个人
其实,到现在也还爱着
无论言辞多么顽皮轻浮
无论表情多么跳跃模糊
总有暗礁会让我翻船
打湿雪白的帆

最硬的
可也是那么踏实
它是一枚核
它也是种子

除了沉默的坚持
它就只有沉默地发芽
或者
它只有沉默

## 阴天漫步

看不到乌云
整个天空都是乌云的一片衣襟
我在天空下像老人一样行走
这样的天气让我从容

随时都会下雨
草于是放缓了生长的节拍
这一天
所有植物的茎都变得粗短而甜润

常常想伏在这田野上
闻一闻干净的牛粪味儿
不远处一位老农让我犹豫
他手里拿着一把带着泥根儿的野菜
我怕我会吓坏他

## 人多的地方没有积雪

人多的地方没有积雪
没有积雪又有什么意思呢?
所以我要走在雪上
咯吱,咯吱

雪会化掉,脚印会化掉

可这声音不会化掉

带着我的寂寞和快乐如影相随

咯吱,咯吱


阳光化雪,大地化雪

人的脚是化不了雪的

可是人多的地方没有积雪

积雪被人和人的摩擦吞去了


所以我要在人少的地方独自行走

享受积雪给我的歌谣或者摔跤

这声音是多么好啊

咯吱,咯吱

# 朴素(外二首)

## 朴　素

我要以最朴素的心情想你
想你,这亲爱的人

一个女人想一个男人
别的什么都不管
甜蜜地,单纯地,一心一意地想你
在喝粥的时候停顿下来
在洗浴的时候停顿下来
在散步的时候停顿下来
在生活的每个平凡细节停顿下来
用一串省略号,想你

——不要害怕,我是深水静流
所有的不驯已经从另一道路出发
我只以最乖巧的面目与你相对

我知道你是一个简单的少年
偶尔路过时爱恋我的花园
那么,请进。
我会留你,直到你厌倦
在你离开之前
我会保证你吃好最后一顿早餐
并把一朵初绽的紫罗兰插在你的领后

## 感　谢

我居然不知道自己从未出生
——如果不是碰到你。
或者说,我才明白
自己可以再次出生。


你是父亲,母亲
或者是医生
你是重新诞生我的一切必要条件
所以,我任你主宰
——哪怕你用和你眼睛一样明亮的手术刀
在我的胸口划下一笔
晶红的血珠子欢快地跳着舞
亲爱的人啊,我仍会微笑无声

谢谢你让我再次看见这世界
以及这世界上的爱情。


## 业　余


"我知道我的名字叫业余。"
那天,你这么说。
微笑着,你把目光投向别处
多可爱啊。你大男人小小的撒娇和赌气


是,你是我的业余
我也是你的


裙子下摆的流苏
方竹盒子里的甜点
你脖颈上的深蓝条纹领带和我脖颈上的鹅黄丝巾
休闲布包上的棕色小熊挂件
项链,手镯,街心花园盛开的白玉兰
咖啡馆里传来的莫扎特
天上越聚越浓的云朵
偶尔闪出的青春的片段
以及失神的时候突然想起的
乡下祖母脚上干净的旧布鞋
——这都是业余

最美的,最无用的,最温暖的
最琐屑的,最亲切的,最不能命名的
最没有时间版块隆重登场的,这些事物
包括沉默着的被肢解了的爱情
这都是业余

人是一只瓶子
上部盛着解渴的水
下部是积年的沉淀
所有的沉淀都是业余。
——最珍贵的,让我们
踏实,怀想,流泪,做梦的
这些业余

亲爱的人啊
这才是我热爱这个世界的
核心机密

# 后　记

1

这些字病着
我是药丸
治它们

或者说，我是病
这些字是药丸
治我

我吃药时
我知道嘴巴在哪里
那些字吃我时
它们的嘴巴在哪里呢？

2

我心久已无诗
如身久已不湿

这些寥落的散句
如一场场没有高潮的做爱

幸有若干快感
证明尚未完败